ドリームス

加藤　竣

文芸社

ドリームス

一

かたわらのトランジスタラジオから、ポール・マッカートニーが歌う「Hey Jude」という声が聞こえてきた。二人が聴いていた番組は、昼のラジオのリクエスト番組だった。その長い曲が終わるのを待っていた原田建次は、川上孝夫に言った。

「悪いことは言わないから、工藤緋美子《ひみこ》だけはやめておけ」

二人は昼休みの校庭の芝生の上に寝転《ねころ》んでいた。二人が見上げる視線の先には、秋晴れの空がどこまでも果てしなく広がっていて、さわやかな風が二人の頬を撫《な》でていた。

「もう決めたことなんだ。ここのところどうしようかと、ずっと悩んでいた。駄目でもともとなんだ。思い切って気持ちを打ち明けることにした」

孝夫がそう言うと、建次は深い溜息《ためいき》をついてから言った。

「確かにあいつは美少女だ。しかし、相手が悪い。今まであいつに声をかけた奴はすべて振られている。あの委員長の斉藤でさえも、てんで相手にされなかったという噂《うわさ》だ。しかもあいつは友達が一人もいなくて誰とも話をしない、何を考えているのかまったくわからないような女だ。ただ勉強だけをしているような不気味《ぶきみ》な女だ。やめたほうがいいと思うよ。それにお前、由里子はどうするんだ」

　建次の忠告に孝夫はしばらく沈黙していたが、やがて自分に言い聞かせるように口を開いた。

「実は由里子とはもう別れたんだ。由里子とはもう逢わない。とにかく一度工藤に声をかけてみるよ。その後はどうなるかわからない」

「由里子とはほんとうに別れたのか？　最近のお前たちの様子を見ているとほとんど口もきかないし、どうもおかしいとは思っていたんだが。俺は由里子のほうが好みなんだが……」

　二人はそのまま沈黙したが、もうじき午後の授業が始まるころであったのでゆっくりと身を起こした。孝夫がトランジスタラジオのスイッチを切って立ち上がりかけたとき、建次が思い出したように言った。

「それはそうと、さっきのビートルズの新曲はいい曲だったな」

「ああ、いい曲だ。お前は初めて聴いたのか？」

　孝夫は意外そうに建次の顔を見て言った。一九六八年の九月の空は、あくまでも青く澄みきっていた。

　K市郊外に位置する南星高校は男女共学の公立高校で、全校生徒が八百人程度の普通高校だった。南星高校の学力程度はK市では平均程度で、孝夫と建次はその二年生でクラスメートで

郵便はがき

恐縮ですが
切手を貼っ
てお出しく
ださい

160-0022

東京都新宿区
新宿1－10－1
(株) 文芸社
ご愛読者カード係行

書　名			
お買上 書店名	都道 府県　　　市区 郡　　　書店		
ふりがな お名前		明治 大正 昭和　　年生　　歳	
ふりがな ご住所	□□□-□□□□	性別 男・女	
お電話 番　号	(書籍ご注文の際に必要です)	ご職業	
お買い求めの動機 1. 書店店頭で見て　2. 小社の目録を見て　3. 人にすすめられて 4. 新聞広告、雑誌記事、書評を見て(新聞、雑誌名　　　　)			
上の質問に 1. と答えられた方の直接的な動機 1. タイトル　2. 著者　3. 目次　4. カバーデザイン　5. 帯　6. その他(　　　)			
ご購読新聞　　　新聞	ご購読雑誌		

文芸社の本をお買い求めいただき誠にありがとうございます。

この愛読者カードは今後の小社出版の企画およびイベント等の資料として役立たせていただきます。

本書についてのご意見、ご感想をお聞かせください。 ① 内容について
② カバー、タイトルについて
今後、とりあげてほしいテーマを掲げてください。
最近読んでおもしろかった本と、その理由をお聞かせください。
ご自分の研究成果やお考えを出版してみたいというお気持ちはありますか。 ある　　ない　　内容・テーマ（　　　　　　　　）
「ある」場合、小社から出版のご案内を希望されますか。 する　　しない

ご協力ありがとうございました。


〈ブックサービスのご案内〉

小社では、書籍の直接販売を料金着払いの宅急便サービスにて承っております。ご購入希望がございましたら下の欄に書名と冊数をお書きの上ご返送ください。（送料１回380円）

ご注文書名	冊数	ご注文書名	冊数
	冊		冊
	冊		冊

あった。

　孝夫と建次は、孝夫が父親の転勤で一年半前にこの街へ越して来て、高校へ入学したとき以来の親友で家も近かった。孝夫の家庭は父親が平凡なサラリーマンで、兄弟は中学三年生の妹が一人いた。一方、建次の実家は雑貨商を営んでいて、建次は男ばかりの三人兄弟の中の次男であった。

　孝夫の成績は中の上程度で、建次のほうはそれよりやや下あたりを上下していた。二人ともクラブ活動は一切やっていなく、自主的にロックバンドを結成していた。バンドのメンバーは五人で、孝夫はヴォーカル、建次はリードギターを担当していた。バンドの主なレパートリーは海外のバンドのコピーで、練習場は建次の家の倉庫を使用していた。バンドは学校の文化祭や予餞会《よせんかい》などで演奏する他に、街のライブハウスでノーギャラで演奏したことがあった。

　工藤緋美子はK市でも大手の建設会社社長の一人娘で、いわゆるお嬢様であった。K市の閑静《かんせい》な住宅街にひっそりと建つ緋美子の家は、広い庭に芝生が敷き詰められ、二階建の洋館は部屋数がいくつあるかわからないと噂されていた。

　中学時代の緋美子は成績が極めて優秀な明るい性格の美少女で、男子生徒の人気はもちろんのこと、女子生徒にとっても憧れの的の存在であった。緋美子のクラスメートにとっては、緋美子の友人となって緋美子の自宅に招かれるということが、男女の別なく一種のステータスになっていた。

　そんな緋美子の性格がどうしたわけか高校へ入ってから一変していた。友人は一切作らずにクラスメートと会話を交わすこともなく、中学時代の友人とも一切縁を切り、授業が終了したら一目散に下校するという生活を続けていた。そのような緋美子の気を引こうと近づく男子生徒もいるにはいたが、緋美子はそれらの男子生徒を一切相手にしていなかった。

　クラス委員長の斉藤慎一郎もそんな一人であった。斉藤は父親の仕事の関係でこの春東京から転校して来たばかりであったが、クラスにすっかり溶け込んで、二学期からは委員長に選出されていた。孝夫も中学卒業と同時にこの街へ越して来て、その意味では互いによそ者同士で斉藤には親近感を持っていた。

　斉藤は勉強もスポーツも常にトップクラスの背の高い好男子で、女子生徒の人気ナンバーワンであった。そんな斉藤が緋美子に思いを打ち明けて振られたという噂があった。

　クラスメートたちは緋美子の変貌の理由を色々噂した。それは父親がいつも東京へ出ていて家にいないせいであるとか、緋美子が父親の愛人の子であるということを知ったせいであるとか、母親とそりが合わないせいであるとか、果ては誰かに強姦されたのではないかと噂する者までいたが、真相は依然として謎のままであった。

　ただ緋美子は昨年の三月ごろ、病気で半月ほど市内の病院に入院していたことがあると噂する者がいた。その病気はどうやら大変な重病であったらしく、緋美子は医者から余命幾許《いくばく》もないと宣告されたが、父親の謙太郎が強引に退院させたあとで奇跡的に恢復《かいふく》したという噂であった。

また緋美子はその際立《きわだ》った美少女ぶりで、芸能プロダクションからスカウトされたという噂もあった。あるいは緋美子はその美貌と成績の優秀さが教師たちのあいだでも評判になってい て、密《ひそ》かに緋美子に憧れている若い男性教師も多いということであった。が、本人はそのことを知ってか知らずか、まるで何事もないかのように沈黙を守っていた。

そんな周囲の喧騒《けんそう》をよそに、緋美子の美貌は近ごろますます磨きがかかり、漆黒《しっこく》の長い髪は典雅で謎めいた雰囲気を漂《ただよ》わせ、透き通るような白い肌は人間離れした冴えを見せていた。また長い睫毛《まつげ》の大きな瞳は憂愁《ゆうしゅう》を湛え、細身の華奢《きゃしゃ》な身体は儚《はかな》げな存在の危うさのようなものを感じさせていた。

その日、孝夫は授業が終ると待ちかねたように下校した。今日のバンドの練習は建次にあらかじめ休む了解を取っていた。

孝夫は学校から地下鉄の駅までの一キロほどの距離を胸の動悸《どうき》を抑えながら歩き、駅の近くで緋美子が来るのを待った。

ほどなく一群の高校生の集団が賑《にぎ》やかに談笑しながら歩いて来るあとから、緋美子がぽつんと一人でやって来た。孝夫はそれを認めると、小走りで緋美子の側へ駆け寄った。緋美子のほうでも孝夫に気がつくと歩みを止めて孝夫のほうを見た。

「緋美子ちゃん、ちょっとそこでお茶でも飲まない？」

孝夫のその誘いに緋美子は瞠目《どうもく》して孝夫の顔をみつめていたが、やや間を置いてから微《かす》かに頷《うなず》いた。孝夫は緋美子が意外にあっさりと孝夫の誘いに応じたことに拍子《ひょうし》抜けしたが、同時に期待に胸が高まるのを抑えることができなかった。

二人は人目を避けるように横道へそれて歩き始めた。孝夫は期待と不安がないまぜになった気持ちで緋美子と並んで歩いた。

やがて二人はとある一軒の喫茶店の前まで来ていた。自動ドアが開いて喫茶店の店内に入ると、平日の午後とあって広い店内には空席が目立っていた。二人は店の隅の席に遠慮がちに腰を下ろした。

すぐにウエイトレスが二人の席へオーダーを取りに来た。孝夫はコーヒーをオーダーしてから、沈黙している緋美子に

「君は何にするの？」

ときいた。すると緋美子は小さな声で

「レモンティー」

と答えた。孝夫はオーダーを済ませ、改めて目前に腰掛けている緋美子の様子を観察した。緋美子は恥じらうようにテーブルの上に視線を落としていたが、緋美子の色白の顔が夏用の白いセーラー服の濃紺の襟《えり》によく映え、美少女そのままの清純さと可憐《かれん》さを感じさせていた。

その肌の色はあくまでも透き通るように白く、どこか病的な印象さえ与えるほどであった。そんな緋美子に対し、孝夫は話しのきっかけを掴《つか》むべく口を開いた。

「このごろはさわやかな気候になったね」

孝夫のその言葉に緋美子の表情が微かに動いたように見えたが、その後緋美子は依然として沈黙を守っていた。時計は午後四時半を指そうとしていた。

「今こうして君と一緒にいるなんて夢のようだよ」

孝夫はコーヒーに砂糖とミルクを入れ、スプーンでかき混ぜながらそう言った。緋美子は孝夫のその言葉に、顔を挙げて孝夫の顔を見ると微笑んだ。が、すぐに再び俯《うつむ》いてしまうと、テーブルの上に視線を落としたまま依然として無言を続けた。

「君に友達は一人もいないの？」

孝夫がみたびそう話しかけたとき、沈黙していた緋美子がついに口を開いた。

「私にお友達は一人もいません。どなたも私のお友達になってくれないのです」

緋美子は愁《うれ》いを含んだ大きな瞳で、孝夫の顔を見てそう言った。緋美子のその言葉は、孝夫のまったく予想外のものであった。孝夫のクラスでは、誰しも緋美子のほうで友人を拒否していると思っていたからである。

「そうなのかな？　僕は君のほうで友達を拒否していると思っていたんだけど」

「いいえ、決してそんなことはなくて、私のほうではとってもお友達を欲しいと思っているのですが、どうやら私はクラスのみんなに嫌われているようなので……」

またしても予想外の緋美子の言葉に、孝夫はしばし茫然《ぼうぜん》として沈黙していたが、ふとあることを思い出して勢い込んで尋ねた。

「それでは委員長の斉藤とは？　斉藤は君に振られたという噂があるけどどうなの？」

「それは、あの人のほうで私に接近して来て、あの人のほうで私から去って行ったのです……」

緋美子のあまりにも意外な言葉の連続に、孝夫は考え込まざるをえなかった。今までの緋美子に対するイメージはいったい何だったのだろう。が、孝夫はその考えを中断するようにして言った。

「それでは、今日から僕を友達として認めてくれるのかな？」

「それはもちろんです。実を言いますと、私は以前から孝夫くんに関心を持っていて、密かに孝夫くんに友達になって欲しいと思っていたほどですから……」

緋美子のその言葉はさらに孝夫を驚かせると同時に、天にも昇るほどの夢心地《ゆめごこち》にさせていた。

「僕も君と友達になれるなんてほんとうに嬉しい。こんなことならもっと早くこのことを打ち明けるべきだった。まるで夢のようだ」

と孝夫が無邪気に喜んでいると、緋美子が言った。

「でも、私はあなたとお友達になることについて、ふたつだけ条件があるんですけど……」

孝夫は緋美子と友達になれそうなことに有頂天《うちょうてん》で、条件のことなどまったく意に介さずに鸚《おう》鵡《む》返しにきいた。

「え？　それは何？」

「それは決して私を捨てないということと、私とのことを誰にも話さないということなの」

孝夫は緋美子のその言葉を聞くと、満面に笑みを湛えて言った。

「もちろん僕が君を捨てるなんてまったく考えられないし、君とのことを人に話すわけなどないさ。改まって君にそう言われなくても、僕は君とつきあう以上はそんなこと当然だと思ってるよ。君は成績も抜群だから、僕は君から少し勉強を教わりたいと思っているんだ」

それを聞いた緋美子は、恥ずかしそうに微笑して言った。

「それはお安いご用よ。もし私が孝夫くんのお役に立てるならば。私も孝夫くんと一緒に勉強するのが楽しみだな」

二人はその日、次の日曜に映画を見る約束をした。喫茶店を出た二人は地下鉄の駅まで並んで歩いた。地下鉄の中での二人は、隣同士に腰掛けながらもずっと無言だった。

二

翌日の昼休み、孝夫はいつものように建次と校庭の芝生の上に寝転んでいた。孝夫は手のひらを額にかざして陽射しを遮《さえぎ》りながら、建次に昨日のことを話した。緋美子とのことは緋美子に対して秘密にする約束をしていたが、建次にだけはそれまでのいきさつから話しておかねばならなかった。

「工藤がつきあうことを承諾してくれた」

と孝夫が言うと、建次は当然ながら驚いた。

「あの工藤が？　信じられない……」

と建次は言ってしばらく沈黙していたが、続けて言った。

「昨日の練習は大変だったんだ。リードヴォーカルがいなかったので俺がやったんだが、出来はもうひとつだった。それに由里子の機嫌《きげん》が悪かった。お前、由里子とはほんとうに別れたのか？」

山本由里子は色の白い長身の女生徒で、孝夫たちと同級であった。由里子はその抜群のスタイルと、とても高校生とは思われないような大人びた雰囲気で、校内でも一際《ひときわ》目立つ存在であった。由里子は孝夫や建次とはクラスが違っていたが、二人は由里子がピアノの名手であるという噂を小耳に挟み、バンドのキーボードプレーヤーとして孝夫がスカウトした。

紅一点の由里子は、それ以来バンド仲間のアイドルとなっていた。バンドの他のメンバーは孝夫と由里子がつきあっているということにすぐ気づいたので、密かに由里子に想いを寄せても手出しはしなかった。その由里子が孝夫が練習に来なかったので、ずっとふさぎこんでいたというのである。

孝夫は建次に由里子の様子を聞き、由里子と疎遠《そえん》になったいきさつを語った。

「いや、別れたというか、『もう君とはつきあわない』と、俺のほうから宣言したんだ。なぜかというと、俺に対して色々と口うるさく言うからだ。俺が由里子を俺の家へ呼んでレコードを聴きながら煙草《たばこ》を吸うと、『煙草を吸ってはダメ』とか、『ビールを飲もう』と言うと、『お酒なんか飲んではダメ』とか言うので、『もうそんなことを言うなら君とはつきあわない』と言うと、『私は孝夫くんのためを思って言っている』などと、親の言うようなことを言う。

挙句の果ては『バンドをやるのもいいけど、もっと勉強して私と同じ大学へ行きましょうよ』などと言う。俺が由里子の志望大学へ行けるわけがないのに。しまいには妹の純子までもが、

『由里子さんの言う通りよ』などと言いだして女二人で俺を責めるから、俺は腹が立ってきて由里子に、『君は俺の女房じゃないんだぞ。そんなことを言うならもう君とはつきあわない』と言うと、由里子は泣きながら帰って行ったんだ」

と孝夫が事情を説明すると、建次は深い溜息をついてから言った。

「そのせいかどうかはわからないが、由里子はここのところバンドの練習に来ていなかったな。昨日は久し振りに由里子が来たんだが、ずっと元気がなかった。俺は他のメンバーたちと、『孝夫が来ていないのでがっかりしているのかな』と話していたんだ。もしかすると、この機に乗じて由里子とつきあおうとする奴が出てくるかもしれないが、お前はそれでもいいんだな?」

「それは俺に関係ない。もう由里子と俺は関係ないんだ」

孝夫は自分に言い聞かせるようにそう言った。

「友達として最後の忠告だ。工藤とつきあうのはやめて、由里子と仲直りしろ」

「それはできない。もう後戻りできないんだ」

「それでは俺が由里子とつきあってもいいんだな?」

「勝手にしろ」

翌日のバンドの練習に由里子は来なかった。が、由里子は一日置いたその次の練習日には姿を現した。どうやら由里子は建次の説得で来たらしかったが、練習での由里子は孝夫と目を合わせようとはしなかった。


日曜の朝、孝夫が出掛けようとするのを見て妹の純子が言った。

「お兄ちゃん、由里子さんとデート？」

「違うよ。デートじゃない」

と孝夫が答えると、純子は揶揄《やゆ》するように口許を綻《ほころ》ばせて言った。

「由里子さんとは仲直りした？」

「由里子と俺はもう関係ない」

孝夫のその答を聞くと、純子は不服そうに眉根《まゆね》を寄せて
「由里子さんとは別れたの？　あんな美人で素晴らしい人と別れるなんてお兄ちゃんどうかしてるよ。お兄ちゃんには勿体《もったい》ない人だよ。一刻も早く仲直りすべきよ」

と孝夫を詰《なじ》ったので、

「子供のお前にはわからないのさ」

と孝夫は言い捨てて、家を飛び出した。

孝夫が緋美子と待ち合わせた映画館の前へ行くと、緋美子はすでに来ていて、日曜の人込みの中で孝夫を待っていた。

緋美子は紺とグレーのチェックのスカートに白のブラウスを合わせ、襟元に紺のリボンを結んでグレーのジャケットを羽織《はお》っていた。時刻は約束の午前十時になろうとしていた。

二人は映画館の窓口で入場券を購入した。映画館の中へ入ると、日曜ではあったが早い時間のせいか空席が目立っていた。予告編に引き続いて本編が上映された。映画のタイトルは「俺たちに明日はない」だった。

緋美子は銃撃シーンや人が殺されるシーンなどで、孝夫の手を強く握り締めた。映画のラストの主人公二人が殺されるシーンでは、身をすくめて孝夫の手を握っている手にいっそう力を込めた。

二時間足らずの映画が終了し、二人は映画館を出て近くの喫茶店へ入った。喫茶店で緋美子は、たった今観たばかりの映画の興奮を孝夫に語った。

「あの女優さん、セクシーだった」

「フェイ・ダナウェイという新人女優だね」

「強さとセクシーさがとっても新鮮だった。しかも知的でクールな面と、エキセントリックなところがあって。それでいて退廃的な、何やら儚そうな雰囲気もあったし」

「でも、僕にはちょっと怖《こわ》い女だな」

と孝夫が自信なさそうに言うと、

「そりゃそうよ。あんな女が現実にいたらね」

と緋美子は微笑して言った。

どうやら緋美子は、この映画のヒロインのフェイ・ダナウェイという女優を気に入ったらしかった。緋美子の目許は珍しく興奮のせいか、ほんのり赤らんでいるように見えた。緋美子がこれほど感情を露《あらわ》にするとは、孝夫にはとても考えられないことだった。孝夫は緋美子の意外な一面に好意を感じた。

一通り映画の興奮を話し終えると、緋美子はやや羞恥《しゅうち》のこもった眼差しで孝夫をみつめて言った。

「孝夫くん、もしよかったら、これから私の家へ来ませんか？」


二人は喫茶店を出ると、地下鉄の駅へ向って歩き始めた。

孝夫は地下鉄の中で緋美子と並んで腰掛けながら、今の自分の境遇がとても信じられない思いであった。緋美子と映画へ行くだけでも望外《ぼうがい》の幸運であるのに、さらにそのあと家にまで招かれるとは、とても想像もできなかったことであった。

クラスメートは男女とも緋美子に興味を持ちながら、同時に緋美子を何かしら得体《えたい》の知れない魔女のように恐れていた。誰しも心の底では緋美子と友達になりたいと願いながら、その意思を表明する勇気を発揮できずにいた。が、今日実際に孝夫と行動を共にした緋美子は、明るく無邪気な普通の女子高生であった。

いったい孝夫を始めとする、クラスメートが抱いていた緋美子に対するイメージは何だったのだろう？　緋美子がこのような普通の女子高生であることを、孝夫はまったく予想もしていなかった。

それにしても、孝夫はどうして緋美子とつきあいたいという気になったのか？　それは由里子とケンカ別れし、緋美子とつきあうことで由里子の鼻を明かしてやりたい、と孝夫が考えたせいであるかもしれなかった。孝夫が考えるところ、由里子の鼻を明かせるような女子生徒は、緋美子の他にはいなかった。

地下鉄に乗車してから二十分ほど経過したころ、緋美子が言った。

「次の駅よ」

列車が駅に着き、二人は改札口を出て駅の階段を昇った。駅の外へ出ると、仲秋《ちゅうしゅう》の午後の陽光が燦々《さんさん》と降り注いでいて、微風が緋美子の長い髪を揺らした。二人は淡い緑の葉を豊かに繁らせている銀杏《いちょう》並木の舗道を歩き始めた。

駅前の商店街を通り過ぎてしばらく行くと、閑静な住宅街の一角にコンクリートの塀に囲まれた白壁《しらかべ》の洋館が見えてきて、緋美子はその門前で足を止めた。

石で作られた灰色の門の表札には
「工藤謙太郎」

と書かれていて、門の上にランプ形の黒い鉄製の門灯が取り付けられていた。緋美子は門に渡された鉄の格子扉を押し開け、孝夫に中へ入るように促した。

二人は庭に敷かれた石畳の道を玄関へ向って歩いた。庭には一面の芝生が眼に鮮《あざ》やかで、その周囲には庭を取り囲むように、幾本もの楡《にれ》が植えられていた。庭の芝生の上は、楡の樹陰《じゅいん》の暗い部分と日向《ひなた》の明るい部分とがくっきり明暗の対照となっていて、さわやかな秋の風が芝生の上を吹き渡って来た。

家は二階建ての鉄筋コンクリートで、古く重々しい雰囲気の洋館であった。一階の窓は上部が半円のアーチ形で、二階には長方形と正方形の二種類の窓があった。二階正面には鉄製の手すりを巡らしたバルコニーがあり、窓はすべて閉じられ、白いレースのカーテンが見えていた。

緋美子は玄関の石段を登ってドアの前へ立つと、厚いドアのノブに手をかけてドアを引き、孝夫を家の中へ招じ入れた。

家の中の床には一面にグレーの絨毯《じゅうたん》が敷かれていた。広い一階の応接間には白い大理石のテーブルと、その周囲に黒革張りの肘掛《ひじか》け椅子が数脚配されていて、天井にはシャンデリアが輝いていた。

部屋の奥の壁際にはホームバーが設《しつら》えられ、カウンターの前に幾つかの止り木《とまぎ》が設置されていて、棚には大量の酒のボトルやグラスが並べられていた。

一階応接間から二階へ通じる階段の壁には、ランタン形の照明が淡い光を放っていて、風を受けて疾走する帆船の油絵が掛けられていた。部屋の壁はベージュ色に塗装されていて、階段の手すりは黒塗りの鉄製であった。

二人は階段を昇って二階へ上がった。二階の長い廊下には薄暗い照明が灯されていた。

緋美子は二階へ上がると、廊下を左へ折れて長い廊下の中ほどの左手の部屋の前で立ち止まった。そしてドアを押して室内に入り、部屋の照明のスイッチを入れた。

孝夫は緋美子に続いて室内へ足を踏み入れた。十六畳ほどもあると思われる広い部屋の床には一階と同じ絨毯が敷き詰められ、天井にも一階と同じシャンデリアが吊るされていた。部屋の調度品は全体にロココ調で統一されていた。

部屋の中央には長方形のダイニングテーブルが据えられ、その両側に六脚の肘掛椅子が配置されていた。ダイニングテーブルの上には純白のテーブルクロスが掛けられ、その上にナイフとフォークの入ったケースが置かれていて、ナプキンが折り立てられていた。

部屋の右奥には黒く鈍い光を放っているグランドピアノ、左奥にはサイドボードとコンソールが置かれていた。サイドボードの上には振り子のついた木製の古い置時計と、陶製の白いドレスに白い帽子の西洋の婦人像、コンソールの上には電話が置かれていた。

左右の壁には四枚の油絵が掛けられていた。左側の壁の絵は椅子に腰掛けた少女の肖像画と、長閑な田園地帯の風景画、右側の壁の絵は直線と原色を多用した幾何学《きかがく》的な抽象画と、果実と水差しが描かれた静物画であった。

部屋の窓はバルコニーに通じていて、バルコニーの上には濃緑の葉を繁茂させた楡の枝が伸びていた。窓際には背の高い観葉植物の鉢が二つ置かれ、その隣には大口径の天体望遠鏡が据えられていた。

部屋の中のあまりの壮麗さに驚いている孝夫に向かって、

「孝夫くん、この椅子へ腰掛けてちょっと待ってて。私、お食事を頼んで来るから」

と緋美子は言い残すと部屋を出て行った。時刻はすでに午後一時半を回っていた。

孝夫はしばし椅子へ腰掛けて茫然としていたが、何気《なにげ》なく部屋の中を見渡しているうちに、ふと壁の肖像画に注意を惹《ひ》かれた。孝夫は立って行ってその肖像画をまじまじとみつめた。それは金色に塗装された木製の額縁《がくぶち》に収められた二十号の油絵で、十四、五歳ほどの少女の半身像を描いたものであった。

少女はさながらウエディングドレスのような純白のドレスを身に着けていて、漆黒の長い髪にはダイヤモンドのティアラ、胸元には同じくダイヤモンドのネックレスが燦然《さんぜん》と輝いていた。

少女は優美な細面《ほそおもて》の輪郭の顔に、怜悧《れいり》そうな広い額をしていた。黒曜石《こくようせき》のように輝く美しい瞳は真っ直ぐに前をみつめ、抜けるような白い肌は犯し難《がた》い気品《きひん》を湛え、細く通った鼻筋と紅《こう》梅《ばい》の花びらのような唇は、天使のような神々しさと愛らしさを漂わせていた。

孝夫はこの絵に対し、何かしらいいしれぬ陶酔と畏怖《いふ》のようなものを覚えたが、同時にそこに描かれた人物が緋美子であるということに気がついた。


そのとき部屋のドアをノックする音がした。孝夫が返事をするとドアが開き、二十歳《はたち》前後の若く美しいメイドが顔を覗《のぞ》かせた。

メイドは藍《あい》色の半袖のワンピースの上に、縁にフリルを施《ほどこ》した胸当て付きの白のエプロンをしていた。また頭に白のレースの髪飾りをあしらい、胸元には暗紅《あんこう》色の大きなリボンを垂《た》らしていた。

メイドはドアを開けて部屋の中へ入って来ると、椅子に腰掛けている孝夫に軽く会釈《えしゃく》し、ワゴンを部屋の中へ押し入れた。その直後に緋美子が部屋に入って来たが、孝夫は緋美子の服装を一目見て言葉を失った。

緋美子は白のロングドレスを身に着けて、長い髪を白のリボンで結んでいた。また銀色の鈍い光沢を放つ真珠のネックレスで胸元を飾り、ドレスはまるでステージ衣装のように、金色と銀色のラメが光を反射してキラキラと輝いた。さらに緋美子は薄化粧をしていて、白い肌に朱色の唇が艶《なま》めかしく光っていた。

緋美子は入室すると、孝夫の驚きの視線を楽しむように白のハイヒールを履いた足をゆっくりと進め、胸を張って歩いた。そして席に腰掛けると言った。

「季美枝《きみえ》さん、ワインをお願い」

緋美子のその言葉に、孝夫はメイドの名前が季美枝であることを知った。

季美枝はワゴンの上のワインクーラーの中から白ワインのボトルを水気を切って取り出し、ワインナプキンでボトルを丁寧に拭った。そしてボトルのラベルを緋美子に見せ、緋美子に銘柄や収穫年号の了解を得ると、ボトルの口に貼られた鉛のキャップシールをコルクスクリューのナイフで切って取り除いた。

さらに季美枝は、ボトルの口の汚れた部分をワインナプキンできれいに拭き取り、慎重にコルクスクリューの先端をボトルのコルクの中心部にねじ込んだ。そしてコルクを徐々に引き上げてボトルの栓を抜き終え、抜き取ったコルクの香りや湿《しめ》り具合などを確認し、ボトルの口の汚れを再びワインナプキンで拭った。

続いてコルクからコルクスクリューを外し、コルクを緋美子の前のテーブルの上に置いた。最後に緋美子が目前に置かれたコルクを確認すると、季美枝は緋美子のワイングラスに、テイスティングのための少量のワインを慎重に注いだ。

緋美子はグラスに注がれたワインの色、透明度、泡立《あわだ》ちなどを観察した。さらに顔を心持ち挙げて眼を細めた表情で、グラスの中のワインを軽く回転させながら鼻で香りを解析した。続いてワインを口に含んで舌の上でゆっくりところがし、酸味や渋味、アルコールの強弱などを確認した。最後に喉越《のどご》しを味わい、口、鼻、喉全体でワインの後味の長さを鑑賞した。

緋美子のテイスティングが滞《とどこお》りなく終了し、季美枝は改めて緋美子と孝夫のグラスにワインを三分の二程度注いだ。季美枝が二人のグラスにワインを注ぎ終えると、緋美子はグラスを取り上げて艶然《えんぜん》として言った。

「孝夫くんとお近づきのしるしに」

「招待してくれてありがとう。それにしても豪華な部屋だね」

孝夫は部屋の雰囲気と緋美子の服装に圧倒されながらも、やっとそれだけを言うと、

「この部屋は私専用のリビングルームなの。私専用の部屋は他に寝室と勉強部屋と衣装室があるのよ。二階には他に礼拝室や配膳室があり、ゲストルームも二部屋あります。季美枝さんの部屋も一部屋あるの」

と緋美子は説明し、またしても孝夫を驚かせた。平凡なサラリーマン家庭に育った孝夫には、このような家は想像もできないことであった。

孝夫は目の前に置かれたワイングラスを手に取り、恐る恐る口を付けてみた。ワインは白ワインであったが、ラベルにはフランス語らしき文字が印刷されているばかりで、孝夫には銘柄もまったくわからなかった。そんな孝夫の様子を見て緋美子が言った。

「これはシャトー・マルゴーというワインなの」

孝夫は部屋の雰囲気と緋美子の服装とワインとで、酔ったように頭がぼんやりとしてきた。

「君はいつもワインを飲んでいるの？」

孝夫は半ば朦朧《もうろう》としかけてきた意識の中で辛うじてそう問うと、緋美子は上機嫌で答えた。

「いいえ、私は普段はあまり飲まないのよ。飲んだとしてもこれくらいかな？」

と緋美子は、テーブルの上のワイングラスを親指と人差し指の間隔で示して言った。そのとき終始無言で二人の会話に無関心を装っていた季美枝が、テーブルの上へトリュフのオムレツの皿とコンソメスープの皿を置いた。そのオムレツの皿を見て緋美子が言った。

「このオムレツの卵は自家製なのよ」

「え、自家製って？」

「裏庭に鶏舎があって、家で鶏《にわとり》を飼育しているの。父が卵の品質にこだわっていて。私も時折鶏の世話をすることがあります」

「世話って、どういうことをするの？」

「鶏舎の掃除をしたり、鶏にえさをやったり、卵を取りに行ったりしているの」

「確かに家で食べる卵とは少し違う気がするよ。甘いような豊かな味がするような気がする」

孝夫がそう言うと、緋美子は満足そうに微笑んだ。

孝夫の目の前に腰掛けた緋美子は、普段学校で見る清楚で儚げな美少女の緋美子とは打って変わり、大人っぽくセクシーに変身していた。緋美子はとても女子高生には見えなく、クラスメートが緋美子のこの姿を見ても、緋美子だとすぐ気づく者はいないだろうと思われた。

季美枝は依然として無言で、無表情にクロワッサンの皿と舌平目のムニエルの皿をテーブルの上へ置いた。そのとき緋美子が唐突《とうとつ》に言った。

「孝夫くん、あなたたちの音楽ってとっても素敵。特に私はあなたのヴォーカルが好きよ。私はオリジナルよりあなたのヴォーカルのほうが好きなの」

「それは光栄だけど、オリジナルより僕の歌のほうがうまいということは絶対ありえないよ」

と孝夫は照れながら言ったが、それを聞いて緋美子が自分たちのバンドに関心を持っていたということを知って嬉しかった。孝夫と緋美子はひとしきり孝夫たちのバンドのことを話題にした。

季美枝がテーブルの上の空になった皿を下げ、チェダーチーズの皿をテーブルの上へ置いた。

季美枝は一切表情を変えることなく、孝夫たちの話にも終始無関心を装い、しばらく彫像のようにその場に立ち尽くしていたが、やがて部屋を出て行った。

ついに季美枝は部屋の中にいるあいだ、ひとことも口をきかなかった。緋美子は季美枝が部屋から出て行くのを見届けると、孝夫のワイングラスにワインを注ぎ、孝夫にきいた。

「孝夫くん、あなた、ピアノは好き？」

緋美子は孝夫がその質問に答える前に立ち上がり、ピアノの前へ歩いて行くと、ピアノの蓋《ふた》を開けて静かに弾き出した。

その音は静かに優しく、時には天使の囁《ささや》きのように、あるいは荘厳《そうごん》で重々しく、時には激情にかられたように、部屋の清澄《せいちょう》な空気を震《ふる》わせた。

緋美子は自身の感情を鍵盤に託すように時折上体を前後に揺らし、細く白い指をピアノの鍵盤の上へ駈け巡らせていた。

演奏を終えて戻って来た緋美子に、孝夫が拍手して言った。

「素晴らしい演奏だったよ。今の曲は何という曲？」

「ショパンのプレリュードとエチュードだけど、孝夫くんの趣味に合ったかしら？」

「僕は普段クラシックはほとんど聴かないんだけど、今の演奏には感動したなあ」

「孝夫くんたちのバンドが演奏している音楽とはまったく傾向が違うので、少し退屈するのではないかと思ったけれど、大丈夫だったかしら。私も孝夫くんたちのバンドの演奏を聴きたいな」

「今僕たちのバンドは、ライブハウスへの出演を交渉しているんだ。出演が決まったらぜひ聴きに来て欲しいな。ただ高校生ということがバレないようにしないとダメだけど。だから今は練習にすごく気合いが入ってるんだ。今度はギャラを少し出してもらうように交渉中だからね」

「今度はどんなナンバーを演奏するの？」

「キーボードを全面的にフィーチャーしたドアーズの『ハートに火をつけて』とか、同じドアーズの『ハロー・アイ・ラブ・ユー』なんかだよ。それとプロコル・ハルムの『青い影』などがバンドの新しいレパートリーなんだ。あとは僕の作ったオリジナルを二曲ほど練習中なんだけど、それを発表するかどうかは、今のところわからない」

「キーボードの女の子は可愛い子だったね。孝夫くんのタイプ？」

「いや、そんなことはないよ。あの子には他につきあっている奴がいるんだ」

「バンドの名前は何というの？」

「バンドの名前はまだないんだよ。誰も名前に関心がなくて名前を考えようとはしないんだ。でも、ライブハウスへ出演するときには名前があったほうがいいかもしれないな。それより君は天体を観察するのが好きなのかい？」

孝夫が窓際に設置された天体望遠鏡のほうを見て言った。

「ちょっと変わってるかしら？　私は夜空を見ていることがよくあるんだけど、私はどういうわけか夜空に光っている星たちを見ていると、なんだかとっても懐《なつ》かしい気がしてくるの。一人ぼっちで淋しいときは、夜空の星を見ていると心が暖かくなってくるのよ。星の輝きを見ていると、私に何かメッセージが送られてきているような気がして。私はそんなとき心に浮かんだことをもとに詩を作ったりするの。私が好きなのはオリオン座で、特に三つ星が仲の良い兄弟のようで微笑ましく、とても気に入っているの」

「たとえばどんな詩を作るの？」

孝夫のその問いに、緋美子は立って行ってコンソールの引き出しの中から、一冊の布張りの表紙のノートを取り出して来た。

緋美子がそのノートの表紙を開くと、中表紙に「一七歳の詩集」と記されていた。緋美子はノートのページをパラパラと繰っていたが、その中から「星のまたたきのソネット」という一篇の詩を選んで、孝夫に読んで聞かせた。

夜空の美しい星に住む人たちよ
あなたの星からは地球が見えるの？

地球はあなたの星のように美しい？
もし、あなたの星からこの美しい地球が見えたら
地球までどうぞ遊びにいらっしゃい
そして、私とお話をしましょう

あなたの星から地球までは何光年あるの？
でも、あなたの星の文明は
地球よりずっとずっと進んでいるから
地球に来ようと思えばすぐに来られる
あなたの星を見ていると
そんなあなたの想いが伝わってくる……

あなたの星に恋はあるの？
私もあなたの星に行ってみたいな
あなたとの遊びは何がいいかな？
星たちの舞踏会の見物かしら？

ほら、宇宙のシンフォニーの演奏が
　もう私の耳に聞こえてきた……

「ロマンチックな詩だね」

と孝夫は言って、緋美子の女の子らしい詩に微笑した。

そんな二人の会話がふと途切れたとき、ドアをノックする音がし、季美枝が再び部屋の中へ入って来た。季美枝はテーブルの上の皿を下げ、替りにデザートのパイナップル・シャーベットを二人の前に出して部屋から出て行った。その様子を無言で見ていた緋美子が、季美枝が部屋から出て行くのを待ちかねたように言った。

「孝夫くん、こっちへ来て」

孝夫が椅子から立ち、テーブルの向い側の緋美子の側まで歩いて行くと、緋美子が立ち上がって孝夫の目をみつめて言った。

「私を抱きしめて」

孝夫は緋美子の突然の言葉に途惑いながらも、緋美子のたおやかな身体を抱きしめた。緋美子の頭部が孝夫の胸元に預けられ、長い髪の甘い香りが孝夫を夢の中へ誘うようであった。

その夜、孝夫は夢を見た。

可憐な花が咲き乱れる野原の中で、孝夫はぽつんと一人で佇《たたず》んでいた。野原一面を黄色く染め、さわやかに吹き渡る風に一斉にお辞儀《じぎ》をしている花は、どうやら菜の花のようであった。空は晴れ渡り、果てしなく青く澄みきっていた。

ふと孝夫は遥《はる》か見上げる丘の上に、一人の天女が七色の衣の裳裾《もすそ》を翻《ひるがえ》し、空中からこちらへ近づいて来るのが見えた。

孝夫はその姿のあまりの美しさに、その方へ向かって走り出した。が、孝夫がいくら走っても、天女との距離は容易に縮まらなかった。孝夫はいよいよあせって丘の上を無我夢中で走ったが、天女の側へ近づいて行くどころか、却《かえ》って天女はこちらへくるりと背を向けてしまった。しかも天女がどんどん遠ざかっているように感じる。

とそのとき、天女がこちらを振り返って微笑んだように見えた。孝夫はそれを見ていよいよ天女の側へ歩を進めようとしたが、その瞬間、天女の姿は幻のように消えていた。

三

翌日の授業が終り、孝夫は建次と帰宅の途についていた。孝夫が今日バンドの練習で顔を合わせるはずの由里子のことを気にかけていると、建次が思い出したように言った。

「今日斉藤が休んだよな？　実は斉藤は、毎夜悪夢にうなされているらしくて大変なようなんだ」

「悪夢？　どんな夢なんだ？」

「俺も詳しくは知らないが、何でも大変な夢らしい」

孝夫は建次にそう聞かされ、自分も妙な夢を見たということを話そうかとも思ったが、なぜか思い留まった。二人は地下鉄で建次の家へ向かった。

二人が建次の家の倉庫で楽器やアンプの準備をしていると、他のメンバーがぼちぼち集まって来た。他のメンバーはいずれも南星高校の同級生で、ドラムスの長谷川とベースの広瀬であった。由里子もやって来たが、孝夫を避けるようにして眼を合わせようとはしなかった。

メンバー全員が揃い、「ハートに火をつけて」の練習を開始した。続いて「青い影」と、「ハロー・アイ・ラブ・ユー」を何度か練習したところで休憩を取った。

休憩時間中にはいつものように、由里子が建次の実家の雑貨店で飲み物を購入して来た。由里子は孝夫の前に無言で栓の開けられたジュースの瓶《びん》を置いて行ったが、そのあとで思いのほか楽しそうに、建次と何やら談笑していた。

その日の練習中、孝夫と由里子はついに最後までひとことも口をきかなかった。

翌週の日曜日、孝夫は再び緋美子の家を訪れることを緋美子と約束していた。約束の時刻は午後二時であった。

孝夫が自宅で家族と昼の食卓を囲んでいるとき、純子が言った。

「お兄ちゃん、今日はどこかへ出掛けるの？」

「このあとちょっと出掛ける」

「どこへ出掛けるの？」

「建次のところへ行く」

「由里子さんは来るの？」

「由里子は来ないよ」

そのとき、二人の会話を無言で聞いていた父親の敏雄が言った。

「孝夫、遊んでばかりいるようだが勉強はどうした？」

「うるさいなあ。それなりにやってるよ」

「お前、女の子とつきあっているのか？」

「いや、ガールフレンドはいないよ」

「それじゃ、由里子さんというのは？」

それを聞いていた母親の美枝子が言った。

「あなた、由里子さんという子は、とってもいいお嬢さんなのよ。家にも勉強をしに来たことがあるの」

「由里子とはもう別れたんだよ」

孝夫がぶっきらぼうにそう言うと、敏雄が言った。

「別れたなどと、大人みたいな口をきくんじゃない。お前、大学はどうするつもりだ？　お前に勉強を真面目にする気がないなら、大学へは行かせないぞ。そんな甘い考えでどうする。バンドもいい加減にしろ」

「純子、お前が余計なことを言うから」

「純子は関係ない」

敏雄がそう言った瞬間に、孝夫は無言でその場を立った。孝夫の背に敏雄の声が何やら聞こえてきたが、孝夫はそれを無視して自室に戻った。

孝夫はそのあとすぐに家を出た。家を出るときに敏雄が依然として何やら強い調子で言っていたが、孝夫はひたすら沈黙を守った。自転車で家を出た孝夫は、近くの商店街へ行って緋美子への土産の箱入りメロンを購入した。

孝夫は先週の日曜に緋美子と映画を見に行ったりしていて、今月の小遣いはすでに底をつきそうであった。このぶんではわずかな貯金を下ろす以外になく、早くライブハウスでギャラを稼げるようになりたいと考えた。

緋美子への土産を購入した孝夫は、そのまま自転車で地下鉄の駅まで行って地下鉄へ乗車した。

地下鉄が目的の駅へ着くと、孝夫はぶらぶらと秋晴れの道を歩き出した。これから緋美子に逢うと思うと胸の動悸が高鳴った。孝夫はこの日、緋美子への土産と布製のバッグを持参していた。バッグの中身はノートと数冊の教科書、および筆記具などで、今日は緋美子から勉強を教わるつもりであった。

やがて緋美子の家の門前へ着き、門扉《もんぴ》を開けて庭の中を玄関まで歩いた。玄関のチャイムを鳴らすと緋美子がドアを開けて現れたが、孝夫は緋美子の服装に眼を奪われた。

緋美子は真紅のロングドレスに、髪には同じく真紅のリボンを結び、紅《くれない》の光を帯びたルビーのネックレスを胸元に輝かせ、真っ赤なハイヒールを履いていた。肌の白さは相変わらずであったが、唇はその名のように緋色《ひいろ》のルージュで彩《いろど》られていた。

孝夫が緋美子に土産のメロンの入った紙袋を手渡すと、緋美子は微笑んで

「ありがとう」

と言ってそれを受け取った。家の中へ入った孝夫は絨毯を踏んで緋美子と共に二階へ上がり、先週と同じ部屋の中へ入った。

「ちょっとここで待ってて」

緋美子はそう言い残して一旦部屋を出て行ったが、すぐに戻って来ると、ほどなく季美枝がワゴンを押して部屋に入って来た。

季美枝はメロンと生ハム、鮑《あわび》の白ワイン蒸し、鱚《きす》の唐揚げ、海草サラダなどのオードブルの皿と、ワイングラス二個をテーブルの上へ揃えると、そそくさと部屋を出て行った。

緋美子はワインバスケットの中の赤ワインのボトルの栓をおもむろに抜くと、ワインをテーブルの上の二つのグラスへ静かに注いで着席した。そして孝夫の顔を見て、こぼれるような笑顔で言った。

「再会を祝して乾杯」

乾杯が済むと、孝夫がテーブルの上に置かれたグラスの中の澱《よど》んでいる赤ワインを見て、緋美子にきいた。

「このワインは何というの？」

「これはシャトー・ラグランジュというの」

「実は今日は、君に勉強の方法を教わりたいと思って来たんだけど」

ワインに口を付けて、ほろ酔いの頭で孝夫がそう切り出すと、

「それはまた別の日にしましょう。もうワインを飲んでしまったんだし。野暮《やぼ》なことは言いっこなしよ」

と緋美子は言って立ち上がり、ピアノの前へ向かった。

やがて緋美子は気を鎮《しず》めるように、静かにピアノを弾き出した。そのピアノの音は汚れた魂を洗い流すように、渇《かわ》いた心に染み込むように、静寂を極めた部屋の中に流れた。真紅のドレスを身に着けてエモーショナルにピアノを弾く緋美子の姿は、気品に満ちた華やかな美しいものであった。

ピアノを弾き終えて席へ戻った緋美子に、孝夫は拍手して言った。

「今日の演奏は非常にロマンチックだった。何という曲？」

「ショパンのワルツとノクターンだけど、気に入った？」

「素晴らしい演奏だった」

「ねえ、ちょっと下へ行きましょうよ」

と緋美子は言って、孝夫を階下へ誘った。

二人は一階へ降り、さらに地下室への階段を降りていた。

地下室の部厚い木製のドアを引いて中へ入ると、ひんやりとした冷気を肌に感じた。そこはどうやらワインセラーのようであった。

薄暗い照明の中に、何百本ものワインのボトルが木枠の棚の上に頭を下げて斜めに保管されていた。また床の上に並べられた木箱の中には、ウイスキーの緑色のボトルが詰まっていた。

孝夫はワインの幾本かのラベルを確認したが、孝夫の知っているような国産品の銘柄はなさそうであった。緋美子は棚の上のワインの一本を無造作《むぞうさ》に取り上げると、それを孝夫に手渡して言った。

「これは私からのプレゼントよ」

すぐに地下のワインセラーを出た二人は、再び二階へ戻って来た。緋美子は先ほどの部屋の向いの部屋に孝夫を案内した。

その部屋は八畳ほどの広さの落ち着いた雰囲気の部屋で、窓を背にして黒檀《こくたん》の幅の広い机と、革張りの椅子が置かれていた。部屋の周囲の壁は、木製の書棚で埋め尽くされていた。書棚の中には世界文学全集や百科事典、あるいは孝夫にはタイトルも読めないような、夥《おびただ》しい数の洋書が整然と並んでいた。

机の上に無造作に放置されている教科書や参考書が、部屋の中で唯一緋美子の勉強部屋らしい痕跡《こんせき》を止めていた。部屋のカーテンは閉じられていて、窓の外に微かな明るさが感じられた。

孝夫が書棚の中の洋書を指し、

「君はこんな洋書を読むの？」

ときくと、緋美子が笑いながら言った。

「私はそんなもの読みません。ただ置いてあるだけよ」

「君はこんなところで勉強しているの？」

「そうよ。なぜ？」

「なぜって……。落ち着き過ぎているというか、淋しくないのかなと思って」

「あら、勉強は孤独なものよ」

緋美子の勉強部屋を出た二人は、隣室の前に立っていた。緋美子が隣室のドアを開けると、そこは十畳ほどの広さであったが、一種異様な雰囲気が充満していた。部屋の壁には黒幕が隙《すき》間《ま》なく張られ、シャンデリアが薄暗く灯されていて、正面に祭壇が設えてあった。

薄暗い照明の中に浮かび上がった祭壇には、下ろし立てらしい純白のテーブルクロスが掛けられていて、その上に奇妙な金属の像が置かれていた。

それはいかにも古びた青銅の像で、高さ二十センチあまりの裸体の男の全身像であった。像は左右の手のひらをいずれも前に向け、右手を挙げて左手はだらりと垂らしていた。顔は獅子のように眼を剥《む》き出し、口を大きく開けていた。が、奇態《きたい》なことに、背中の上方と下方に八の字型に広がった羽を伸ばし、股間《こかん》には男性器が天に向かって屹立《きつりつ》していた。

祭壇の先には帯状に真紅の毛氈《もうせん》が敷かれ、突き当たりは小さな階段になっていた。その階段の先にはさらに小さな祭壇が設けられ、純白の布が掛けられた上に、四本の銀の燭台《しょくだい》が置かれていた。

燭台には点火していない蝋燭《ろうそく》が立てられ、その奥の壁には十字架に架けられた五十センチほどの黄銅のキリスト像が掛かっていた。

キリスト像の背景の壁には、大理石が嵌《は》め込まれて白く鈍い光を放っていて、その上部の窓にはステンドグラスが入れられ、外光を取り込んで煌《きら》びやかな色彩に輝いていた。

茫然として部屋の中の光景を眺《なが》めている孝夫に、緋美子が言った。

「この部屋は礼拝室なの」

孝夫はしばらくのあいだ声もなく唖然《あぜん》としていたが、ふと足許の祭壇の前の床の上で、何かしら白いものが動いたような気がした。目を凝《こ》らしてよく見ると、それは細いロープに首を繋《つな》がれた鶏であった。

「この鶏は？」

孝夫がその鶏に疑問を感じて緋美子にきくと、

「この鶏は病気に罹《かか》っているので、ここで治療しているの」

と緋美子は答え、さりげなく孝夫の手を取った。

孝夫は緋美子に魅入られるように、緋美子を抱き寄せた。緋美子は孝夫の腕の中で、なよやかな身体を慄《ふる》わせていた。


その夜、孝夫は再び夢を見た。そこはさまざまな花が咲き乱れる花畑のようなところであった。赤、白、黄、青などの色とりどりの花は色鮮やかで目に染み入るようであったが、花の名前は判然《はんぜん》としなかった。それは薔薇《ばら》のようでもあり、あるいはまた牡丹《ぼたん》のようでもある艶《つや》やかな花であった。その花から花へと、金色の小さな蝶がひらひらと舞い踊っていた。

青く澄み渡った空の中ほどを、高く低く小鳥が飛び交っていた。小鳥は腹が燃えるような橙《だいだい》色、頭から背にかけては鮮やかな藍色で、飛びながら可愛い声で囀《さえず》っていた。野原一面に咲く花は、そよぐ風に微かに花弁《かべん》を震わせていた。

するとそこへ、金色《こんじき》の衣を纏《まと》った天女が遥かな空の一角から姿を現したと思うと、徐々に孝夫のほうへ近づいて来た。

孝夫が茫然としてその光景を眺めていると、その天女はついに顔がはっきり確認できるほど孝夫の近くまで寄って来て、空中に身を浮かせたまま孝夫に微笑んだ。そのとき孝夫は、鬱金《うこん》の衣の裳裾を翻して美しく気高い笑みを泛《うか》べたその天女が、緋美子であることに気がついた。

緋美子はなおも口辺《こうへん》に穏《おだ》やかな微笑を泛べたまま、孝夫を手招きした。その姿に魅入られるように孝夫が緋美子の近くまで行こうとすると、突然孝夫の身体がふわりと浮き、孝夫は緋美子の目の前に来ていた。すると緋美子は目の前の孝夫の手を取り、空中高く浮揚《ふよう》を始めた。瞬《また》く間《ま》に空中高く舞い上がった二人は、遥かなる眼下に花畑や丘、緑の樹木に蔽《おお》われた山々や緩《ゆる》やかに流れる川、川が注ぎ込む海などを見下ろしていた。緋美子は孝夫の手を取り、なおも空中を飛び続けた。

孝夫は緋美子に手を取られて空中を飛びながら、心の底から込み上げてくる喜びの思いと、穏やかで満ち足りた平和な、限りなく優しい気持ちに満たされていた。

手を取り合って空中を飛んでいた二人は、やがて海岸の上空へ来ていた。海岸には黄金の波が打ち寄せていて、波打ち際は波しぶきが七色の飛沫《ひまつ》となって砕《くだ》け散っていた。その躍動的で流麗な動きと鮮やかな色彩の織りなすセレモニーは、美しくも荘厳で崇高《すうこう》なものであった。

なおも空中を飛び続けていた二人は、さらに海岸から沖合いの上空へ出ると、ゆっくりと海上へ降下していった。海の上へ降りていった二人はついに海面へ到達したが、不思議なことに海面へそのまま舞い降りていた。見渡す限りの広い海はうねりながら黄金の光を反射し、二人の足許で燦爛《さんらん》と輝いていた。

彼方《かなた》の陸地には白い山々が蜃気楼《しんきろう》のように霞《かす》んで見えた。と思う間もなく、二人は徐々に海中へ降下していった。

海の中は呼吸をするのには何の支障もなく、光り輝いている世界であった。朱色の珊瑚《さんご》や濃緑色や黄緑色の昆布や海草などが、マリンブルーの海水の中で揺らめいていた。大小の色鮮やかな魚がひきもきらずに行き交っていた。と二人のすぐ目前へ、黄と青の縞《しま》模様の平たい魚が群れをなして泳いで来て、一斉にダンスを踊り始めた。

そのダンスは一方から他方へ向かって一斉に鋭く泳ぎ出したかと思うと、あるいは反転して上から下へひらひらと花弁が散るように舞い踊った。もしくは左右へ広がって膨《ふく》らんだかと思うと、まろやかな弧を描いて二人の目の前へ集結して一斉に尾を振る、という具合で、その意表を衝《つ》く動きの連続に、二人は一瞬たりとも眼を離すことができなかった。

魚の舞踊団が退場したあとは、美しい十人の舞姫の登場であった。

舞姫たちはそれぞれ、赤、白、青、黄、緑色地に金銀の紋様《もんよう》を散りばめた衣装に身を包み、黄金の冠《かんむり》を頭上に戴《いただ》いていた。そして五人がそれぞれ、鼓《つづみ》、琴、笛、笙《しょう》、篳篥《ひちりき》などの楽器を携《たずさ》えて演奏し、他の五人が扇を手にして楽曲に合わせて舞っていた。

その舞姫たちが優雅に舞い踊る姿は、この上もなく華麗で美しいもので、その楽器の音色は澄んで暖かく、懐かしい響きのする心地よいものであった……。

四

翌日登校した孝夫の席に、建次がやって来て言った。

「斉藤がもう五日も休んでいる。今日家へ様子を見に行こうと思う。今日のバンドの練習は休みだ」

その日の放課後、孝夫と建次は地下鉄で斉藤の家へ向かった。

二人が斉藤の自宅マンションへ着き、エレベーターで六階まで上がって玄関のブザーを押すと、斉藤の母親が応対に現れた。建次が見舞いのフルーツの缶詰セットを母親に手渡すと、母親が二人を家の中へ招じ入れ、斉藤の寝ている部屋へ案内した。

斉藤はパジャマ姿で布団の上に横たわっていたが、二人は斉藤の顔を見て驚いた。斉藤は百八十センチを優に越える長身であったが、布団の上の斉藤は、やせ衰えて見る影もなくやつれ果てていた。

不精髭《ぶしょうひげ》を生やして頬がそげ落ちた斉藤の顔は、いつも学校で見る女生徒の憧れの的のスポーツマンの斉藤とは、すっかり変わり果てていた。その斉藤の様子を見て建次が言った。

「斉藤、いったいどうしたんだ？　すっかりやつれて」

「夜眠れない。寝つきが悪くてようやく寝入ったと思っても、悪夢にうなされて眠った気がしない。眠るのが恐い」

と斉藤は力のない声で答えた。それを側で聞いていた母親が心配そうに二人に尋ねた。

「まったく急にどうしてしまったんでしょう。お二人は学校で何か思い当たるふしはありませんか?」

「いいえ、僕たちは見当もつきません。ついこのあいだまではまったく元気でしたから」

孝夫がそう答えると、母親が途方に暮れたように言った。

「お医者さんにもまったく見当がつかなくて、こんな例はほとんど聞いたことがないということです」

二人はとてもその場にいたたまれず、早々に斉藤の家を辞した。帰り道で建次が
「まったく斉藤はどうしたんだろう……」

とひとりごとのように言ったが、孝夫は斉藤のことを不可解に思うと同時に、一方、自分が見た夢のあまりの甘美さに、何か不吉な対比を感じずにはいられなかった。

週末の日曜日、孝夫はみたび緋美子の家を訪れる約束をしていた。昼食後にそわそわと落ち着かない様子の孝夫に向かって、妹の純子が笑いながら揶揄した。

「お兄ちゃん、今日もデート？　お相手は誰？　由里子さん？」

「うるさい」

孝夫が一喝《いっかつ》すると、純子は淋しそうに言った。

「最近由里子さん来なくなったね。由里子さんに来て欲しいな」

「由里子に逢いたければ、勝手に電話して逢えばいいだろう」

孝夫はそう言い捨てると、逃げるように家を飛び出した。孝夫は緋美子に完全に夢中になっていた。孝夫にとっていまや緋美子は、究極の理想の女になろうとしていた。その理想の女は夢の中の緋美子であるのか。あるいは現実の緋美子であるのか。その答はいずれもイエスであった。

孝夫は張り裂けそうな胸を堪《こら》えて地下鉄に乗車した。緋美子に逢うのが怖いような、それとも早く逢いたいような、あるいは逢うのをやめてこのまま逃げ出したいような、不思議な気持ちだった。

孝夫は逸《はや》る気持ちを抑えて緋美子の家の門前まで来た。ゆっくりと門扉を開けて庭の中を歩いて行くと、昼下がりの陽光が庭の芝生に反射してまばゆく光っていた。

孝夫はこの日、手ぶらで家を出た。緋美子が土産など必要ないと言ったせいもあるが、今月の小遣いがすでに底を尽いていた。また勉強道具も一切持参していなかった。いつのまにか勉強のことは、孝夫の念頭からすっかり消え去っていた。

孝夫は玄関のドアの前まで来て、慄える気持ちでチャイムを鳴らした。するとすぐにインターホンから応答があり、緋美子がドアを開けて顔を覗かせた。時刻は約束の午後二時を回ったころであった。

緋美子は頭に真珠の髪飾りをあしらい、長い髪を黒のリボンで束ねていた。また胸の開いた黒のイヴニングドレスの胸元には、真珠のネックレスが鈍い光沢を放っていた。

その身体にぴったりフィットした緋美子のドレス姿は、バストの隆起やウエストの細い縊《くび》れ、意外に発達したヒップの線や、太腿《ふともも》のあたりから大きく割れたスリットが、細身の緋美子の身体を思ってもみなかったほどセクシーに、肉感的にさせていた。

さらに香水のほのかに甘い香りが孝夫の鼻腔を刺激し、高校生の孝夫にとってはあまりにも刺激が強すぎるものであった。

そんな孝夫の気持ちを知ってか知らずか、

「今日はお土産もお勉強道具も持って来なかったのね。何も持って来なくていいのよ」

と緋美子は言うと、孝夫を二階のいつもの部屋へ案内してすぐに姿を消した。

ほどなく緋美子が、自らワゴンを押して再び部屋に現れた。

ワゴンの上にはワインバスケットに入れられた赤ワインのボトル、エスカルゴのブルゴーニュ風、キャビアのカナッペ、シーフードサラダ、ラングスティーヌのポワレなどの皿が載《の》せられていた。

「また孝夫くんにお逢いできて嬉しい。では乾杯」

孝夫が緋美子の乾杯に応じてワイングラスに口を付けると、口中に奇妙な味が広がった。それは決してワインとは言い難いような、やや粘度《ねんど》のある生臭《なまぐさ》いような不思議な味であった。

緋美子はワインを一口飲み終えると、揶揄するような笑みを含んで言った。

「美味《おい》しい？　これは特別なワインなのよ」

「僕にはワインの味などわからないよ。高級なワインはこんな味なのかな？」

と孝夫は言ったが、緋美子がオードブルをつまみながらワインを美味そうに飲むのを見ると、自身も負けじと飲み干した。

そんな孝夫の様子をじっとみつめていた緋美子は、ふと立ち上がると部屋を出て行ったが、ほどなくヴァイオリンのケースを携えて戻って来た。そしてケースからヴァイオリンを取り出し、孝夫の目の前で演奏を始めた。

黒のイヴニングドレスに身を包んだ緋美子は、時にはたおやかな身体の胸を反らせたり、時には身を屈《かが》めるようにして上体を華麗に舞わせながら、情動的にヴァイオリンを弾いた。その姿はまさしく女神もかくやと思われるほどの、美しさと気高さに満ち溢《あふ》れたものであった。

ヴァイオリンを弾き終えた緋美子は、ヴァイオリンをケースの中へ収めて再び椅子へ腰掛けた。孝夫は緋美子のヴァイオリンの腕前を賞賛するのも忘れて声もなく茫然としていたが、

「どう？　私のヴァイオリンはお気に召した？」

と緋美子に問われると、孝夫はうろたえながらも問い返した。

「ええ、もちろん素晴らしかった。何と表現していいか……。今のは何という曲なの？」

「今のはホアキン・ロドリーゴのアランフェス協奏曲というのよ」

と緋美子は答えたあとで何事かを思案している様子であったが、ややあって
「孝夫くん、礼拝室へ行きましょう」

と言って孝夫を促した。二人は礼拝室へ向かうべく立ち上がって部屋を出た。

緋美子は礼拝室のドアを開け、孝夫を室内へ誘い入れた。部屋の中の様子は先週と特に変わってはいなかったが、孝夫は先週祭壇の前に繋がれていた鶏がいなくなっていることに気がついた。

「先週ここへ繋がれていた鶏はどうしたの？」

すると緋美子は悪戯《いたずら》っぽく笑って、

「あの鶏はようやく病気が治ったので、今朝処分してしまったの」

と言った。それを聞いた孝夫が
「処分って?」

と重ねて問い質《ただ》すと、緋美子はさりげなく言った。

「今朝殺してしまったのよ。孝夫くんをもてなすために」

緋美子のその言葉を聞いた孝夫は混乱した。自分をもてなすためとはいったいどういうことだろう。その意味を解しかねて途惑っている孝夫に対し、緋美子はなおも言った。

「あら、孝夫くんは先ほどワインを飲んだじゃないの」

「ワイン?」

緋美子のその言葉の意味を理解できず、いよいよ途惑っている孝夫に対し、緋美子は焦《じ》れたように言った。

「鶏を殺して、その生き血をワインにしたの」

それを聞いた孝夫は仰天《ぎょうてん》した。先ほどワインだと思って飲んだものが鶏の生き血だったとは。どうりで奇妙な味がしたはずであった。孝夫の背筋を冷たいものが流れた。驚いている孝夫を尻目に緋美子が続けて言った。

「先ほどのワインは生きている鶏の首を一気に切り落とし、その噴き出す血を採取したものよ。

でも私が鶏を殺すわけではないので、決して心配しなくて結構よ。私にはとてもそんな残酷なことはできません。鶏の生き血を飲むことは私の健康にとって欠かせないことなの。私はあれを飲むと頭がすっきりして気持ちが落ち着くのよ。孝夫くん、あなたもあのワインを続けて飲むと、成績もきっと大幅にアップするはずよ。毎週私と一緒に飲みましょうよ。そのために家では鶏を飼育しているのよ」

孝夫はそれを聞いて二の句が継げず、茫然とその場に立ち尽くしていた。

緋美子は孝夫にそう言ったあと、何事もなかったかのように胸の前で十字を切り、祭壇に向かってお祈りを始めた。

「私の魂が天使のように清くなるように、私の罪を払ってください。私の肌が雪のように白くなるように、私の穢《けが》れを洗ってください」

続けて緋美子は呪文《じゅもん》を唱えた。

「ミカ、ガブリ、ラファ、ラグ、サリ、ウリ、パヌ……」

孝夫はその場に立ちすくんで、ただ茫然とその様子を見守るだけであった。

孝夫にとって耐えられぬような時間が経過していた。目の前では緋美子が無言でお祈りを捧《ささ》げていた。いったい緋美子が祈っている相手は神なのか？　あるいは悪魔なのか？

やがて緋美子はお祈りを終えると、平然と微笑んで孝夫に言った。

「孝夫くん、孝夫くんに私の家の秘密の地下室を案内するね」

二人は地下室へと続く階段を降りていた。地下室はワインセラーであったが、緋美子はそこを通り過ぎてなおも部屋の奥へと進んだ。部屋の奥にはさらにドアがあり、緋美子がそのドアを開けて壁の照明のスイッチを入れると、部屋の中の様子が薄暗い照明の中にぼんやりと浮かび上がった。

孝夫が部屋の中の怪《あや》しげな雰囲気を察し、中へ入るのを躊躇《ちゅうちょ》していると緋美子が唐突に言った。

「ここで鶏を殺し、生き血を採取しているの」

驚いた孝夫がふと床の上へ視線を落とすと、フローリングの床の上に、赤い血痕《けっこん》らしきものが付着しているのが眼に入った。さらにかたわらのテーブルの上には、刃渡り二十センチほどの登山ナイフが数本、整然と並べられていた。

そのナイフの横には、粘土で作られたらしい実物大の男の仮面が置かれていた。その仮面は奇妙に精巧で生々しく作られていたが、表情にまったく生気がなく、あたかも死人の顔をそぎ取ってそこに置いたようであった。

孝夫はその不気味な仮面をじっとみつめているうちに、いいしれぬ不快な感情が込み上げてきた。と同時に、その仮面の顔が誰かに似ているような気がしてきた。が、それが誰に似ているのかということまでは、思い出すことができなかった。

孝夫が血も凍る思いでそれらのものを眺めていると、緋美子が弁解するように言った。

「孝夫くん、誤解しないでね。この部屋にあるものはすべてパパとママの遊び道具なの。私はこの部屋にはほとんど来たことがないし、ひとりではとてもこんなところへ来る勇気がないので、今日は孝夫くんと来てみたのよ」

孝夫が薄暗い部屋の中を眼を凝らしてよく見ると、壁に奇妙な絵が架かっていることに気がついた。

それは布の上に描かれたポスター大のモノクロームの絵で、半人半獣のような生き物が、黒い太陽と白い上弦の月を背景にして不気味に鎮座《ちんざ》していた。

そこに描かれた顔は狼のような動物の顔ではあったが、長く黒い顎鬚《あごひげ》を垂らし、人間のような表情で凶悪な眼を爛々《らんらん》と光らせていた。頭からは野牛のような長い角が左右に弧を描いて伸び、頭上に五芒星《ごぼうせい》を刻印した王冠を戴いていたが、その中心部からは炎が噴出していて、背中には蝙蝠《こうもり》のような黒い翼を左右に背負っていた。

右手には二匹の白蛇と黒蛇が絡《から》み合って接吻している姿を象《かたど》った柄の剣《つるぎ》を持ち、左手は組んだ右足首の上に置き、上半身は裸で下半身には衣を纏い、地軸が逆転した地球の上に腰掛けていた。

衣の裾から露出した足はまるで熊のような黒々とした毛に蔽われていて、足の先は蹄《ひずめ》であった。上半身の露出した肌は醜悪で獰猛《どうもう》な容貌にそぐわないなめらかな肌をしていたが、さらに面妖《めんよう》なことに、胸は女のような豊かで美しい乳房を露にしていて、下腹部には魚の鱗《うろこ》のような肌が光っていた。

その絵の架かっている反対側の壁には、さらに同程度の大きさの布製の二枚のモノクロームの絵が架かっていた。

一枚目の絵は黒地に大きな円が描かれていた。その円の中心にはさらに小さな円が描かれていて、内側の円の中には、眼を剥き出して細い舌を出し、首をもたげている蜥蜴《とかげ》が描かれていた。

外周の円は八つに区分され、その中にそれぞれ八つの絵が描かれていた。

一番目には鎧《よろい》に身を包んで剣をかざしている若い騎士が描かれていて、兜《かぶと》の頭頂部で光の塊《かたまり》を破裂させていた。二番目には教会での司祭と一人の男が描かれていて、男は司祭の前に跪《ひざまず》き、司祭は男の頭上に右手をかざしていた。十字架から閃光《せんこう》が走り、かざしている司祭の右手を貫《つらぬ》いていた。

三番目には五枚のカードにそれぞれ、骸骨《がいこつ》、剣、盛装して頭上に王冠を戴いた女、巨大で醜悪な全裸の男と二人の卑しい男、城を描いた球体を背景にして立つ二人の全裸の男が描かれていた。四番目には五つに区分された四角形の中に、駱駝《らくだ》に乗った美女、老婆、子羊、長い尾を立てている黒猫、および梟《ふくろう》の絵が描かれていた。

五番目には夜の鐘楼《しょうろう》において望遠鏡で星を観測する男と、象徴的な十二の図形がかたわらに描かれていた。六番目には長い髪で額が広く、眼を閉じている脹《ふく》よかな乙女の肖像が描かれていた。

七番目には白いドレスの若い女の手のひらを覗いている、黒衣の老婆の姿が描かれていた。そして最後の八番目には、眉間《みけん》から光を噴出させている男の肖像が描かれていた。さらに円の外周には、フランス語でそれぞれの絵のタイトルが記されていた。

二枚目の絵は二重の円を十字で八つに仕切った枠の中に、何やら文字が記入されていた。外周の枠内にはヘブライ語のYahweh Moseh Elohim Adonaiという言葉が記入され、内周の枠内にはAlpha Omega Agla Enlilという文字が記されていた。

部屋の中には他に、人間を乗せるための奇妙な形をした木馬や、人間の手足を革製のベルトによって拘束《こうそく》するための、寝台のようなものが置かれていた。

緋美子はその寝台のようなものの上に身体を横たえ、はしゃいだような口調で言った。

「孝夫くん、このベルトを止めて」

孝夫は緋美子の言葉に従って両手首と両足首、さらにウエストのベルトを止めて緋美子の肉体を拘束した。ただし両太腿のベルトだけは、緋美子がドレスを着用しているために止められなかった。

緋美子は両足を揃えて両手を左右に大きく広げた格好で、まるで十字架に架かったキリストのように寝台の上に拘束されていた。

「私はこの上に乗るのは初めてなのよ。ちょっとそこのハンドルを回してみて」

その寝台には車のハンドルのような円形のハンドルが設置されていた。孝夫が緋美子に指示されてそのハンドルを左に回してみると、緋美子の両足を拘束している寝台の先端が中央から徐々に八の字型に開き始めた。

孝夫が興《きょう》に乗ってなおもそのハンドルを回し続けると、緋美子は黒のドレスを着用したままで股を大きく広げる格好になり、左側面に長いスリットの入ったドレスの裾が上にまくれ上がっていった。

寝台の上で身体を拘束されて大きく股を開いた緋美子は、うっとりとした表情で色白の頬を紅潮させていたが、やがて上ずった声で言った。

「そこのレバーも動かしてみて」

緋美子にそう促された孝夫が、ハンドルの隣にあるレバーを前後に動かしてみると、緋美子が拘束されている寝台の角度が微妙に変化した。孝夫がレバーを前に倒していくと、寝台はどんどん後方へ倒れていった。

すると緋美子の黒のドレスから露出している、黒のハイヒールを履いて黒のストッキングに包まれた形のよい脚《あし》や、ストッキングを吊っている黒のガーターベルトや、さらにその奥の黒の下着などが孝夫の目の前に丸見えになった。

孝夫が緋美子のそのあられもない姿態《したい》に驚き、緋美子の表情を窺《うかが》うと、緋美子は羞恥のためか目許を紅潮させ、眼を軽く閉じたまま無言で、孝夫の目の前に乙女にあるまじき姿を晒《さら》していた。

孝夫はその光景を目の当《ま》たりにすると、何か後ろめたいタブーを犯したような気持ちになり、慌《あわ》ててハンドルを右へ戻してレバーを一杯に手前へ引いた。寝台が元の位置に戻ると、孝夫はすぐに緋美子の身体を拘束しているベルトをすべて外した。

寝台から降りた緋美子はなおも興奮冷めやらぬ面持ちで、かたわらの木馬を指差して言った。

「今度はあの木馬よ」

それは褐色《かっしょく》に塗装された奇妙な木馬で、鉄の太いパイプによって床に支えられ、やや高い位置に設置されていた。その木馬の面妖なことは、股間に生々しくデフォルメされた男性器が鈍い光沢を放ち、聳《そび》え立っていることであった。

孝夫は緋美子の要求に従い、緋美子の身体を抱きかかえて木馬の上へ緋美子を跨《また》がらせた。すると木馬の上に乗った緋美子が興奮した面持ちで、腰をもぞもぞ動かしながら言った。

「孝夫くん、そこのスイッチを入れて」

孝夫は緋美子に指示され、木馬の台に設置されているスイッチを入れた。するとその木馬は遊園地の木馬のように、緋美子を背に乗せたまま前後に波打つように身体を揺すり始めた。が、その木馬が遊園地の木馬と違っていたのは、鞍の腰掛ける部分が鋭い三角形の頂点になっていることで、そこには黒い鉄板が鋲《びょう》で取り付けられていた。どうやらその木馬は、責め具としての木馬のようであった。

緋美子は束《つか》の間《ま》、木馬の上で苦悶《くもん》の表情を泛べて身体を揺らしていたが、すぐに耐え切れなくなって孝夫に助けを求めた。

孝夫はすぐに木馬のスイッチを切り、緋美子の身体を抱き上げて床の上へ降ろした。木馬から降りた緋美子は立ったままで眼を閉じ、ぐったりと孝夫に身体を預けていたが、ややあって眼を開けると、虚脱《きょだつ》したように言った。

「ふうー、予想以上だった」

そのときの緋美子の表情は、先ほどまでの妖艶《ようえん》な表情はすっかり影を潜め、始めて女子高生らしい無防備な、無邪気な表情を孝夫の目の前に晒していた。そのとき孝夫は急に茶目っ気にかられ、目の前の木馬の股間を指差して言った。

「あれはどのようにして使うの？」

緋美子はそれには答えずに、ただそれを見て口許に微笑を泛べただけであった。

続いて緋美子は部屋の奥まで歩いて行くと、クローゼットの扉を開けた。孝夫がクローゼットの中を覗いて見ると、中には棚が設置されていて、ナイロン製の網タイツや金属製の貞操帯、および黒光りする数々の革製品などが陳列されていた。

陳列されていた革製品は、アイマスクが数個、細くしなやかな鞭《むち》が数本、肘までありそうな長い手袋、ボディスーツ、ハイヒールの靴とブーツが数足、左右のカップの中心に丸く穴が空けられたブラジャー、太いベルトでバタフライを取り付けたコルセットなどで、それらは妖しい光沢を放って、薄暗い棚の上で静かに沈黙を守っていた。

金属製の貞操帯には、ウエストの開閉部分に鍵が付けられていた。それには長い顎鬚を蓄えて頭部に二本の角を生やした老人の顔や、オリーブの木の下の二人の裸体の男などの、複雑な模様が施されていた。またフロント部分の下方には縦五センチほどの楕円形の亀裂が入っていて、亀裂の周囲には細かいぎざぎざの爪が前方に向けて立てられていた。さらにバック部分の下方には、直径三センチほどのハート形の穴が開けられていた。

緋美子はそれらの中から、革製のアイマスクのひとつを選んで顔に取り付けた。さらに鞭を一本取り上げて構え、艶然として孝夫のほうを見た。孝夫は緋美子のその姿を眼にすると、背中をぞくぞくとした戦慄《せんりつ》が駆け抜けた。

その黒のロングドレスに身を包み、鞭を構えてすっくと立った緋美子の姿は、毅然《きぜん》とした緊張感に満ちていた。また黒のアイマスクを付けて微笑んだ顔は、ミステリアスでセクシーな、禁断の妖しい色彩を帯びていた。

緋美子は手にした鞭で今にも孝夫を打ちそうな様子を見せたので、孝夫は狼狽《ろうばい》して言った。

「緋美子ちゃん、ちょっと待って」

緋美子は孝夫の慌てふためく様子に、愉快そうに笑いながら手にした鞭を孝夫目がけて軽く振り下ろした。孝夫は鞭に打たれそうになり、危うく身を躱《かわ》してこれを避けた。緋美子は何度も孝夫目がけて鞭を振り下ろしたが、どうやら孝夫を本気で打とうとする気はないらしく、孝夫は辛うじてこれを避けることができた。

緋美子はすぐに鞭を振り回す遊びに飽きてしまったのか、顔からアイマスクを取り外すと、鞭と共にクローゼットの中へ戻して言った。

「孝夫くん、上の部屋へ戻りましょう」

二人は二階の最初の部屋へ戻って来た。孝夫は部屋へ戻って椅子へ腰掛けると、以前から疑問に思っていたことを緋美子にきいた。

「緋美子ちゃん、君の家族はいつも家にいないの？」

孝夫のその質問は緋美子の表情を一瞬曇らせた。ややあって緋美子は淋しそうに言った。

「パパは仕事が忙しくていつも家にいないし、ママもどこへ行っているかわからないの。でもたとえ両親が家にいたとしても、両親は私と会話などしないけど」

孝夫は緋美子の言葉に驚きながらも、続けてきいた。

「どうして会話しないの？　家族じゃないか。君はそれで淋しくないのかい？」

「もちろん私だって、淋しいと思うときもあるのよ。だけどパパとママは私のことを嫌っているから」

緋美子はそう言ったあと、俯いて涙ぐんでいた。孝夫は緋美子の涙を見て慌てて言った。

「娘を嫌う両親などいるんだろうか？　僕にはちょっと信じられない。季美枝さんとも話をしないのかい？」

「季美枝さんは私に心を開いてくれないのよ。ただ私の言うことを聞いていればいいと思っているようで、まるで私の奴隷のようなの。パパとママからそう言われているのかもしれないけど、私は却ってそれがいや」

孝夫は緋美子にそれ以上何もきけなかった。またしても垣間見た緋美子の知られざる一面だった。

その夜孝夫はみたび夢を見た。孝夫は緋美子の手を取って雲の上を翔《と》んでいた。雲の上には黄金の太陽が輝いていて、七色の光線を放射していた。その太陽光線が雲に反射し、雲が間断《かんだん》なく色を変えて煌いていた。彼方には白い雪を頂《いただ》いた山々が望まれ、崇高な美しさに満ちていた。

孝夫は白のタキシード、緋美子は純白のウエディングドレスに身を包んでいた。緋美子はヨーロッパのどこかの国の王女のように、ダイヤモンドの王冠を頭上に戴き、胸元には同じくダイヤモンドのネックレスが光り輝いていた。

孝夫はこの上なく幸福な気分に満たされていて、これから緋美子と結婚式を挙げるということを知った。

二人には七人の小さな天使たちが付き添っていた。緋美子の長いドレスの裾とヴェールの先端を、それぞれ二人の天使が持ち上げていた。さらに二人の天使が花束を持って一行を先導し、一人の天使が黄金の杖を持ち、一行の先頭で道案内をしていた。天使は脹よかな白い身体に純白の羽を背負い、その顔に絶えず微笑を絶やすことはなかった。

一行が雲の上をしばらく翔んで行くと、行く手に虹の橋が見えてきた。その虹の橋の向こうには、屋根の先が尖《とが》った白い城が雲の中に霞んで見えた。さらに空と雲のあいだを翔んで虹の橋を渡るころには、城がその美しい姿を徐々に鮮明に現し始めた。

一行が虹の橋を渡り終えて城の門の前まで翔んで行くと、門の前の甲冑《かっちゅう》に身を固めた二人の衛兵が城の扉を開き、一行を城の中に招き入れた。

二人は手を取り合ったままで、空中を翔びながら城の中へ入った。一行が城の中へ入ると、城のホールにはすでに盛装した大勢の男女が待っていて、一斉に立ち上がって一行を拍手で迎えた。

一行は万雷の拍手に包まれながら、ホール中央の祭壇の近くへと空中を翔んで行った。二人が祭壇の前まで翔んで来ると、二人の身体がひとりでにゆっくりと床の上へ降りていった。

二人が祭壇の前へ並んで立つと、祭壇の向こう側で二人を待っていた司祭が、二人を笑顔で迎えて言った。

「川上孝夫、汝《なんじ》は工藤緋美子を永遠の妻としますか?」

「はい」

と孝夫が答えると、司祭は再び言った。

「工藤緋美子、汝は川上孝夫を永遠の夫としますか?」

「はい」

と緋美子が答えて、

「父と子と聖霊の名において二人は永遠に結ばれた。アーメン」

と司祭が宣言し、祭壇の上のリングを取り上げて孝夫に手渡した。孝夫はそれを受け取り、緋美子の細く白い左手の薬指にうやうやしく嵌めた。続いて司祭は祭壇の上のもうひとつのリングを取り上げて緋美子に手渡した。緋美子も同様にして、それを孝夫の左手の薬指に慎重に通した。その様子を静かに見守っていた司祭が言った。

「誓いのキスを」

孝夫は緋美子を抱き寄せ、唇に誓いのキスをした。

二人が熱いキスを終えて前を見ると、いつのまにか祭壇と司祭は二人の目の前から煙のように消えていて、同時に場内に教会の鐘の音が響き渡った。それを合図に再び場内に万雷の拍手が捲《ま》き起こり、ホール前方に設置されたステージの幕が切って落とされた。

二人の身体は再び空中へ浮き上がり、七人の天使が二人を取り囲んで微笑んでいた。目前のステージの上では、オーケストラのワルツの音楽に合わせ、数十人の男女が華麗な衣装を身に着けて美しく踊っていた。

二人は空中に浮いたままで、ステージの上に次々と繰り広げられる絢爛《けんらん》たる踊りを飽《あ》くことなく眺めていた……。

五

季節は十月に入り、厳しかった残暑がようやく和《やわ》らいだと思っていると、もう朝夕は冷え込むほどであった。孝夫が緋美子と結婚式を挙げる夢を見た日の朝、登校した孝夫の許に建次がやって来て、いささか興奮した面持ちで言った。

「今週の土曜の夜のライブハウスへの出演が決まったよ。ギャラもいくらか出してもらえそうだ。金額はまだ決まっていないが、出来次第でボーナスも出るかもしれない」

「そうか、それでは今週は練習を真面目にやらなくちゃ。たくさんボーナスが欲しいからな」

「俺はいつでも練習は真面目にやってるさ。それはそうと、斉藤の見舞いにも行かなくちゃな。もう休み始めて二週間になるからな。早速今日はどうだ?」

「練習を真面目にやると言った途端に中止か」

「やむをえないだろう。早く行ったほうがいい。練習は明日から毎日やればいいさ」

その日の放課後、二人は地下鉄で斉藤の家へ向かった。二人は地下鉄の駅までの道すがら、斉藤への見舞いの菓子折りを購入した。

二人が斉藤の自宅マンションへ着き、六階にある斉藤宅の玄関のブザーを押すと、母親が疲れきった顔を覗かせて言った。

「せっかくおいでくださったのに、誠に申しわけありません。今日の慎一郎は非常に疲れているので、お逢いすることができません」

二人は茫然として顔を見合わせた。母親が逢えないと言っているのに、無理に家の中へ押し入るわけにもいかなかった。母親は見舞いの菓子折りを受け取ることを遠慮したが、二人はそれを母親に押し付けて帰宅の途についた。

斉藤の家からの帰路、二人は駅までの道をとぼとぼ歩きながら、重苦しい沈黙を守っていた。斉藤はいったいどうしたというのか。なぜ母親は面会を拒絶したのか。二人にとってこのことは、予想もできないことであった。が、孝夫はこのときあることに気がついて慄然《りつぜん》とした。

孝夫は先週の日曜に緋美子の家を訪問したとき、地下室で見た仮面の顔をまざまざと思い出していた。そしてその顔が前回斉藤を見舞ったときに逢った、病気でやつれた斉藤の顔にそっくりだった、ということにこのとき気がついた。

孝夫は建次にそのことを打ち明けることができなかった。そして当然そのことが何を意味するものであるのかについても、知る由はなかった。

土曜の午後三時、孝夫のバンドのメンバー五人はライブハウスに集結していた。ライブハウスの開店は午後六時であったが、三時過ぎからリハーサルを行う予定であった。

その日のリハーサルは本番が迫っていたためか、ほどよい緊張に包まれたものであった。わずかとはいえギャラが出るのであれば、もはやプロと言えないこともない。リハーサルはその日の演奏予定の曲を最初から順に演奏したが、途中間違えて中断することも一切なく、二時間足らずで予定通り終了することができた。

ライブタイムは午後八時からであったので、メンバー五人は近くの中華料理店へ夕食を食べに出た。孝夫と由里子とのあいだは相変わらず気まずい雰囲気が続いていたが、由里子は孝夫との気まずさを紛《まぎ》らすように建次に接近していた。孝夫は嫉妬にも似た感情が湧き起こっていたたまれない気持ちであったが、他の二人のメンバーは建次と由里子とのあいだに新しい関係ができたことを知った。

中華料理店での夕食を済ませたメンバーは、再びライブハウスへ戻って客席で八時まで待つことにした。店のマスターが待っているメンバーのために飲物をサービスしてくれた。

いよいよ開演の八時が近づいてきて、メンバー五人は演奏を始める準備に入った。カウンターとテーブル席を合わせて五十席程度の客席は六分程度の入りであった。

オープニングナンバーは「ハートに火をつけて」に続き、「青い影」と「ハロー・アイ・ラブ・ユー」を演奏した。

一曲演奏が終るごとに、客席からパラパラと拍手が湧いた。数人のクラスメートも思い思いの私服姿で来ていて、堂々とビールを飲みながら時折ステージに声をかけていた。オープニングナンバーに引き続き、ビートルズやクリーム、ローリング・ストーンズなどのナンバーを何曲か演奏した。


演奏が始まってほどなく、孝夫は客席の中に緋美子と季美枝の姿を発見した。二人はビールを飲んでいたが、演奏の合間には何やら親密そうに話をしていた。

その夜の季美枝の印象は、孝夫が緋美子の家で逢ったときのものとはかなり違っていて、先日緋美子が孝夫に話してくれた、緋美子と季美枝との関係のニュアンスとも異なるものであった。

緋美子は黒の半袖のワンピース、季美枝は茶色のタイトなスーツを着ていたが、二人はOLか女子大生の友人同士のように見えた。二人の若く美しい女連れは、店の中で否応《いやおう》なく人目を惹いていた。

その後は孝夫のオリジナルで、当世流行のグループサウンズまがいのスローバラードを二曲演奏した。この甘いラブソングは孝夫が由里子と知り合い始めたときに作り、由里子に捧げたものであった。由里子は孝夫に初めてその曲を聴かされたとき、羞恥に頬を赤らめたものだった。

演奏の途中から客席は八分程度の入りになった。その後はギターソロとドラムソロを少し挟んでビートルズナンバーを数曲演奏し、アンコールに再びビートルズの「ハード・デイズ・ナイト」を演奏して、一時間ほどのステージは無事終了した。

ステージが終了したとき、ちょっとしたハプニングが発生した。それは緋美子が孝夫に花束を贈呈したことである。このことで孝夫は由里子以外の他のメンバーの羨望の的になったが、緋美子が孝夫のクラスメートであるということを、建次以外の他のメンバーは気がついていないようであった。またこのことを由里子がどう思っているかということも、孝夫にはまったく見当がつかなかった。

緋美子と季美枝はその後すぐに帰ったが、由里子を除いた他の四人のメンバーは、その後もライブハウスに居残ってビールを飲んだ。

その夜のステージはおおむね店の主人に好評で、五人のメンバーは、わずかなボーナスを含めた報酬を受け取ることができた。

六

翌日の日曜日、孝夫が家族との昼食の席で言った。

「今夜はバンドの練習があるから夕食は要らない」

すると純子が、即座にそれに反応した。

「日曜なのに練習？　珍しいね」

「昨夜のステージが好評だったので、みんなやる気になってるんだ」

その会話を聞いていた敏雄が言った。

「お前、まだバンドなんかをやってるのか？」

「昨夜ライブハウスで演奏して、ギャラが出ることになったんだ」

「ギャラが出るといっても、所詮《しょせん》プロになれるわけではないだろう」

「小遣いが少ないから、そんなバイトをするよりないんだよ」

「お兄ちゃん、由里子さんとは仲直りした？」

「その話はするな」

純子がまた由里子の話を持ち出したので、孝夫はそう言って自室へ戻った。緋美子には夕刻来るように言われていたので、時間はまだたっぷりあった。孝夫はベッドの上に寝転んでレコードを聴きながら、ぼんやりと緋美子のことを考えた。

昨夜緋美子が孝夫へ花束を渡すとき、孝夫の耳許でこっそりこんなことを囁いた。

「今夜のあなたはとっても素敵だった。明日は夕方の六時ごろ私の家へ来てね」

孝夫は緋美子のことが愛しくて堪《たま》らなかった。緋美子はいまや、孝夫の意識のすべてを支配していた。目覚めているときでも、眠っているときでさえも。

孝夫は緋美子と夢の中で結婚式を挙げたこと、緋美子が鶏の生き血を飲んでいたこと、斉藤の病気と緋美子との関連性などをぼんやりと考えたが、緋美子がどのような女であろうとも、もはや孝夫は緋美子の抗《あらが》い難い魅力から逃《のが》れることは不可能であった。

緋美子が鶏の生き血を飲んでいるということも、普段の緋美子の肌の白さや華奢で細身の身体からも、緋美子は元来が虚弱体質で、そのことが健康上必要であるかのように思われた。


夕刻の五時半ごろ、孝夫は緋美子の家へ行くために自宅を出た。よく晴れたさわやかな秋の日曜日はもうじき暮れようとしていた。いままさに沈もうとする夕陽が雲を茜《あかね》色に染め上げていて、孝夫をロマンチックで切ない気分にさせていた。孝夫はいつものように地下鉄で緋美子の家の最寄りの駅まで行き、夕暮れの秋の住宅街の舗道をぶらぶらと緋美子の家まで歩いた。

孝夫が緋美子の家の門前へ来て、門を入って庭の中を歩き、高鳴る胸の鼓動を抑えて玄関のチャイムを鳴らすと、インターホンから女の声がした。孝夫が来意を告げると、季美枝がドアを開けて顔を覗かせた。

「どうぞお入りください。先ほどからお待ちかねです」

季美枝は孝夫を認めるとそう言って、孝夫をいつもの二階の部屋へ案内した。孝夫はこのとき初めて季美枝の話す声を耳にした。

孝夫が案内された部屋の中へ一歩足を踏み入れると、緋美子が椅子から立ち上がり、孝夫のほうを見て微笑した。

緋美子は金色に光り輝く、身体にぴったりフィットしたドレスを身に着けていた。さらに髪にはダイヤモンドのティアラ、胸元には同じくダイヤモンドのネックレスが輝いていて、そのあまりの煌びやかさに、孝夫はただその場に茫然と立ち尽くす外はなかった。

呆気《あっけ》に取られて突っ立っている孝夫に、緋美子が椅子へ腰掛けて言った。

「立っていないで椅子に掛けたらどう?」

季美枝が緋美子のその言葉に呼応《こおう》するように、緋美子の正面の席の椅子を引いた。椅子に腰掛けた孝夫に、緋美子が再び言った。

「昨夜の演奏は非常に素晴らしかった。久し振りに興奮してしまいました」

「花束をありがとう。君が来てくれて嬉しかった」

孝夫が緋美子に礼を述べ、二人が昨夜の孝夫たちのバンドの演奏のことを話題にしていると、季美枝が一礼して部屋を出て行った。

「君のその髪飾りとネックレスだけど、あの絵のものと同じものなのかな？」

孝夫が緋美子の身に付けている華麗なアクセサリに眼を奪われ、壁の肖像画を指差して緋美子にそうきくと、緋美子は孝夫の顔をみつめてゆっくりと頷いた。孝夫は夢の中で緋美子と結婚式を挙げる場面でも、緋美子がそのティアラとネックレスをしていたような気がしたが、そのことには触れなかった。

そこへドアをノックする音がして、季美枝が再びワゴンを押して部屋の中へ入って来た。

季美枝がワゴンを緋美子の側まで押して来て、ワインバスケットの中の赤ワインのボトルを作法通りに開栓すると、緋美子が流れるような典雅な動作で、ワインのテイスティングの演出をした。

続いて季美枝が孝夫と緋美子のグラスにワインを注ぎ、ムール貝の殻焼《からや》き、鮪《まぐろ》のカルパッチョ、スモークサーモン、フォアグラのテリーヌなどのオードブルの皿をテーブルの上に載せた。

その季美枝の様子をじっと見ていた緋美子が言った。

「季美枝さん、あなたもワインをいかが？」

季美枝は緋美子のその言葉に一瞬戸惑ったような様子をし、すぐに微笑して言った。

「でも、私にはまだお仕事がありますから」

「あら、そんなに固く考えなくても結構じゃないかしら。それとも私たちと一緒にいたくはないの？」

緋美子が冗談めかしてそう言って、季美枝に椅子へ腰掛けるように促すと、

「あ、いえ、決してそんなことはありません」

と季美枝はいささか慌てた様子で椅子に腰を下ろした。椅子に掛けた季美枝の前に緋美子がワイングラスを置き、その中にワインを注いだ。季美枝がワイングラスに口を付けるのを見て孝夫が言った。

「今日のワインは先週のとは全然違いますね」

それを聞いた緋美子は、一瞬驚いたような表情をしてから慌てて言った。

「あらそう？　これはシャトー・フェリエールというんですけど」

ワインに口を付けた季美枝は、ほのかに目許を上気させていた。そんな季美枝に緋美子が言った。

「季美枝さん、どう？　ワインは美味しい？」

季美枝は緋美子のその質問に対し、恥じらうような微笑を泛べて頷いた。孝夫がワインにほ

ろ酔い気分になってぼーっとしていると、緋美子が言った。

「季美枝さん、ヴァイオリンを持って来て」


季美枝は緋美子の言い付けに従って部屋から出て行くと、ほどなくヴァイオリンのケースを携えて戻って来た。

緋美子は立って行ってケースの中からヴァイオリンを取り出し、それを肩の上へ載せて構えると、一呼吸おいてやおら弾き出した。

その緋美子が弾くヴァイオリンの音色は、あるときは部屋の空気を甘く切ないやるせない気分で満たしたかと思うと、あるときは激しい情熱的な感情で切り裂いた。その演奏は繊細なロマンチシズムに満ち溢れたものでありながらも起伏に富んだドラマチックなもので、人の心を妖しく興奮させずには措《お》かないものであった。

そのとき夢中で緋美子のヴァイオリンに聴き入っている孝夫に、季美枝がそっと小さく折り畳んだメモ用紙を手渡した。孝夫が不審に思いながらそのメモ用紙を開いてみると、それには鉛筆で何やら走り書きがしてあり、次のようなことが書かれていた。

「あなたの身の安全のために、この家へ来るのはこれを最後にすべきでしょう」

それを読んだ孝夫が驚いて季美枝の表情を窺うと、季美枝は孝夫の手からその紙片を慌てて取り返し、エプロンのポケットの中へそれを押し込んだ。

やがてヴァイオリンの演奏を終えて席へ戻った緋美子に、孝夫と季美枝が拍手して迎えた。

席へ戻った緋美子に孝夫が尋ねた。

「素晴らしい演奏でした。今のは何という曲名ですか?」

「パブロ・デ・サラサーテのカルメン幻想曲です」

緋美子がそう答えると、沈黙していた季美枝が言った。

「それでは私は仕事がありますので」

季美枝はテーブルの上を片づけると、ワゴンを押して部屋を出て行った。それを見ていた緋美子が言った。

「孝夫くん、部屋を変わりましょう」


孝夫は緋美子の誘いに従って部屋を出た。窓の外の夜空には、秋の満月が冴えた光を放っていて、風が出ていて時折薄い雲が流れて満月を遮った。緋美子は礼拝室の隣の部屋の前で立ち止まり、入口のドアを押した。その部屋の中へ一歩足を踏み入れた孝夫は、唖然として立ち尽くした。

その部屋は十六畳ほどの広さであった。部屋の手前に木製のテーブルと革張りのソファーの応接セットが置かれ、テーブルの上の花瓶には黄色の小菊が清楚に活けられていた。部屋の奥の壁に面してダブルベッドが置かれていて、マットレスやキルト、窓に掛かったカーテン、床に敷き詰められた絨毯などは、部屋の中の家具調度類などと共に、すべて金色系で統一されていた。

どうやらこの部屋は緋美子の寝室のようであった。ベッドの隣には木製のドレッサーとチェストがあり、ドレッサーの上には種々の化粧品が並べられ、チェストの上には化粧道具や蓋が開いたままの宝石箱が置かれていた。宝石箱の中にはダイヤモンド、ルビー、エメラルド、サファイアなどのネックレスやリングが無造作に入れられていた。

ドレッサーが置かれた反対側の壁には作り付けのクローゼットがあり、その隣の壁には全身を映すためのミラーが掛けられていた。ベッドが置かれた反対側の壁のドアの奥は、浴室とトイレのようであった。

茫然として突っ立ったままの孝夫に、緋美子が言った。

「孝夫くん、ソファーに腰掛けて寛《くつろ》いで」

孝夫が部屋のあまりの壮麗さに圧倒されて躊躇していると、

「遠慮しないで」

と緋美子は続けて言い、ソファーへ腰掛けて脚を組んだ。緋美子が脚を組むと、ロングドレスのスリットから白い太腿が露出した。

孝夫が我に返ったように緋美子の正面のソファーへ腰掛けると、緋美子が立ち上がって孝夫の隣へ腰掛けてきた。そして孝夫の顔をじっとみつめていたが、突然思い余ったように孝夫の顔へ自身の顔を寄せて孝夫の唇を奪った。若い二人は情熱の赴《おもむ》くままにしばらく互いの唇を求め合っていたが、ふと緋美子は孝夫の眼をみつめて思い出したように言った。

「孝夫くん、私のことを愛してる?」

突然の緋美子の言葉に、孝夫は意表を衝かれてうろたえながらも即座に言った。

「もちろん、君のことを愛しているに決まっているじゃないか」

それを聞いた緋美子は、ゆっくりと立って行ってチェストの引き出しの中から、白いタオルと紙製の小箱を取り出して来た。そして再び孝夫の隣へ腰掛けると、孝夫の見ている前でその小箱を開けた。

小箱の中には、安全剃刀《かみそり》、救急絆創膏《ばんそうこう》、ガーゼ、包帯《ほうたい》などが整然と入れられていた。孝夫がそれらのものを漠然《ばくぜん》と眺めていると、

「孝夫くん、私のことを愛しているなら、私の言う通りにして」

と緋美子は言って、テーブルの上にタオルを敷いた。

続いて緋美子は孝夫の左手を取り、手のひらを上にしてタオルの上へ載せた。そして小指の

基節《きせつ》のあたりに安全剃刀の刃を当てると、慎重に剃刀の柄《え》に力を入れて押した。その瞬間、孝夫は指に鋭い痛みを感じ、そこからみるみる鮮血が流れ出た。

するると緋美子は、素早く孝夫の左手を取ってそのまま指の傷口を自身の口に含むと、流れ出る血を吸い始めた。

緋美子は眼を閉じ、恍惚とした表情でしばし忘我《ぼうが》の境地を彷徨《さまよ》うように、孝夫の指から流れ出る血を吸っていた。が、やがて孝夫の指から口を離すと、小箱の中の救急絆創膏を手に取り、それを孝夫の指の傷口に当てて、手早く指に巻いて止血《しけつ》した。

孝夫の指の手当てを終えた緋美子は、唇に孝夫の血を付着させたままで、驚いている孝夫の顔をみつめた。緋美子のその顔は妖艶で凄惨《せいさん》な美しさに満ち溢れていて、孝夫はその顔にある種の名状《めいじょう》し難い畏怖と、まるで魂を吸い取られてしまいそうな魅惑を感じた。

緋美子は茫然としている孝夫の身体を抱き寄せると、再び孝夫の唇を奪った。緋美子の口中は孝夫の血で潤《うるお》っていた。孝夫は自身の血の味を緋美子の口を通じて味わうことになり、身震いするような戦慄を覚えた。

孝夫は一切無抵抗で緋美子のなすがままになっていたが、緋美子がようやく自身の顔を孝夫の顔から離すと、燃えるような眼で孝夫をみつめて言った。

「孝夫くん、あなたは女性経験はあるの？　私は人間の生き血を飲んだあとは、時として欲望が強くなることがあるの……」

孝夫は緋美子のその言葉を身の毛もよだつ思いで聞いたが、ややあって慄える声で言った。

「僕はもう帰るよ」

「孝夫くん、あなた、私の要請に応じないのね？」

「僕は君のことが怖いんだ。何だかすごく悪いことをしているような気がして。今日はもう帰りたい」

緋美子は孝夫のその言葉にしばらく俯いて沈黙を守っていたが、やがて顔を挙げると、孝夫の顔を見て言った。

「それでは今夜はもう帰るとして、来週はまたあなたの血を吸わせてくれるわね？　私は若い男の血を吸うと、身体の調子が非常によくなって気分も明るくなるの。普段は鶏の血で我慢してるんだけど、やっぱり人間の血は違うのよ。季美枝さんの血も女の血なのでもうひとつなの」

孝夫は緋美子が鶏の血だけではなく人間の血も、季美枝の血も飲んでいるらしいことを知って愕然《がくぜん》とした。それを聞いて一刻も早く帰りたくなった。

「来週のことはまだわからないけど、今日はもう帰らせて欲しい」

「それでは少し待って」

緋美子は少し考える様子をしてから、そう言い残して部屋を出て行った。

やがて緋美子は、季美枝を伴って再び部屋へ戻って来た。孝夫は緋美子が今から始めようとしていることに対して不安を覚えた。

緋美子と季美枝は、ベッドの上で足を横に投げ出して座っていた。二人の女は互いの両手を取り合い、しばらくのあいだ互いの眼をじっとみつめ合っていた。

やがて緋美子は季美枝の眼をみつめたまま、ゆっくりと季美枝のワンピースの背中のホックを外し始めた。すると季美枝も緋美子の顔から眼を逸《そ》らさずに、やや上気した面持ちで、緋美子のドレスの背中のジッパーをそろそろと下ろし始めた。

その二人の女の様子は、孝夫に見られているということを十分に意識したもので、いくぶん勿体ぶった芝居がかったものであったが、二人の女はそのことで自分たちの世界に浸《ひた》り切っていて、さながら女優のような演じる喜びに満たされているようであった。

ベッドの上の二人の女は、互いのドレスとワンピースの胸をはだけて向き合っていた。二人の女の下半身は依然としてスカートに蔽われたままであったが、引き続き二人の女は、互いの胸に付けられたブラジャーの留め金を外し、それを互いの胸から取り去った。

乳房を露にした二人の女同士は、互いの両の乳房を両手で優しく愛撫したのちに、互いの乳首へ接吻していた。ほどなく季美枝は感極まったように身を震わせ、唇から甘い喘《あえ》ぎ声を洩らしていた。

孝夫は息を詰めて二人の女の様子を見守っていたが、このとき季美枝の乳頭が勃起しているのを、はっきりと確認することができた。

季美枝の乳房は着衣のときからは想像もできなかったほど豊満なもので、それに比して緋美子の乳房は上品といえば聞こえはいいが、豊かさには欠ける小ぶりなものであった。

すでに理性を失いつつあった二人の女は、なおも互いの乳頭を舌で吸い合ったり、舐《ねぶ》ったり、指で転がしたりしていたが、ついに耐え切れなくなったようにひしと抱き合い、互いの唇を吸い合った。

二人の若く美しい女が悩ましい喘ぎ声を立てて、ベッドの上で上半身を曝《さら》け出して絡み合う姿は、如何《いかん》とも形容し難いものであった。孝夫は目前で繰り広げられているあまりに官能的な光景に、見てはならない禁断の世界を垣間見たような、異様な興奮を抑えることができなかった。

二人の女は孝夫の眼を意識して演技しているのか、あるいは二人だけの忘我の境地を彷徨っているのか、孝夫には容易に判断がつきかねたが、二人の女は依然としてあられもない痴態を、孝夫の目前のベッドの上で晒していた。

そしていよいよ二人の女の興奮が頂点に達するかと思われたそのとき、突然季美枝が緋美子から身体を離し、ベッドの端に腰掛けて身繕《づくろ》いを整えた。そして部屋の中を歩いて行き、クローゼットの引き戸を開けた。孝夫がクローゼットの中に眼をやると、その中にはとても女子高生が身に着けるとは思われないような色とりどりのドレスや、艶めかしいナイトウエアなどが吊るされていた。

季美枝はクローゼットの中から白い布と香水の小瓶を取り出して来て、布をベッドサイドの絨毯の上へ広げた。

それは一メートル四方ほどの正方形の白い布で、黒インクで図形と文字が描かれていた。布の中央には一つの正三角形が大きく描かれていて、さらにその中に隣接して円が描かれていた。三角形の各辺の外には、それぞれの辺に沿って「Lucifer」,「Beelzeboul」,「Medusa」と書かれていた。さらに三角形の頂点の内側には「Mi」,「cha」,「el」とそれぞれ書かれていた。

緋美子は季美枝が布を広げたのを見ると、それを合図のようにしてベッドから降りた。そしてベッドサイドでドレスを脱ぎ捨てて、ついに下着まで取り去って全裸となった。それは全裸になるということに何らの躊躇もない、澱みなく流れるような優雅な動作の中で行われた。

緋美子は白い大理石のようななめらかな肌の、細身ではあったが贅肉《ぜいにく》のまったく見られない引き締まったこの上なく美しい裸身を、孝夫の目の前に惜しげもなく晒していた。

さらに緋美子は立ったまま広げた布のほうを向いて姿勢を整え、胸の前で十字を切った。続いておもむろにベッドの上へ身体を横たえると、眼を閉じて胸の前で手を組み合わせた。

季美枝は緋美子がベッドの上に仰臥《ぎょうが》するのを見届けると、寝ている緋美子の胸の谷間へ香水を塗り付けた。さらに緋美子の首筋、腋《わき》の下、臍《へそ》の周囲、その下のほのかな淡い翳《かげ》りを見せている陰毛などに、入念に香水を塗り込めた。

続いて季美枝は、ベッドサイドに広げた布の上に乗って拝跪《はいき》した。そして胸の前で十字を切ると、寝ている緋美子に対し、瞑目《めいもく》して何やら呪文を唱え始めた。

「ラミア、ヘカテー、アラクーネ、メドーサ、カーリ、ゴモリ……」

引き続いて季美枝は胸の前で手を合わせ、頭《こうべ》を垂れて一心に祈りを捧げた。

「神よ、あなたの名において、なにとぞこの者に至上の愛をお与えください」

「神よ、あなたの名において、なにとぞこの者に至福の喜悦をお与えください」

そのとき急に風が出てきて、窓の外の庭木の梢《こずえ》を揺らし始めた。と思う間もなく、稲妻《いなずま》が光って雷鳴《らいめい》が轟《とどろ》き、強く激しい雨が降ってきた。それと同時にベッドの上に横たわっている緋美子に、何やら異変が起きていた。

緋美子はベッドの上で身体を小刻《こきざ》みに震わせ、啜《すす》り泣くような呻《うめ》き声を上げていた。

その声は耐え難い精神の悲しみに襲《おそ》われている声のようでもあり、仮借《かしゃく》ない肉体の拷問《ごうもん》に苛《さいな》まれている声のようでもあり、男女の交わりの最中《さなか》に耐えられずに洩らす声のようでもあった。

孝夫は緋美子のその様子を茫然と眺めていたが、やがて緋美子は
「うーん」

と一声高く呻いたと思うと、仰臥した姿勢のままでいきなり垂直にベッドから全身を四十センチほど高く跳《は》ね上げ、次の瞬間そのままベッドの上へどさりと崩れ落ちた。

孝夫は緋美子のその様子をただ茫然として見守っていた。ベッドの上の緋美子は、両手を左右に広げて眼を閉じたまま、ぴくりとも動かなくなっていた。

孝夫はベッドの上の緋美子の様子にすっかり気を取られていたが、このとき初めて足許に季美枝が倒れていることに気がついた。

二人の女は共に失神していた。


やがてどれほどの時間が経過したのか判然とせぬまま、先に意識を回復したのは季美枝のほうだった。季美枝は眼を開けて気怠《けだる》そうに身体を起した。その季美枝に孝夫が恐る恐るきいた。

「季美枝さん、今のはいったい?」

孝夫のその疑問に対し、季美枝は素っ気なく答えた。

「緋美子さんはこのことをあなたに見られるのを望んでいたようですが、それ以上のことにつきましては、私からは何も申し上げられません」

孝夫は季美枝のその返答にも臆《おく》することなく、気を取り直してなおもきいた。

「先ほどあなたが僕に見せたメモは？」

「あれは私があなたにしてあげられる精一杯のことです」

「やっぱり緋美子は危険な女なんだね？　しかし、君はどうしてこの家にいるの？　どうしてこの家から逃げ出さないの？」

孝夫がそう問い質すと、季美枝は悲しそうに顔を伏せて言った。

「私は緋美子さんの奴隷なのです。私にはどうしてもこの家から逃げ出せない事情があるのです」

孝夫は季美枝のその答を素直に信じかねたが、以前から気にしていたことを、この機を逃さずにきいてみた。

「僕がこの家へ出入りする前には、斉藤がこの家に出入りしていたんだね？」

しかし、季美枝はその質問に激しくかぶりを振って言った。

「私はその質問にはお答えできません」

「なぜ君はこの家から出られないの？　僕にできることであれば協力してあげてもいいんだよ」

孝夫のその申し出にも、季美枝はしばらく俯いて無言であったが、よく見ると季美枝の肩が小刻みに震えていた。季美枝はハンカチを眼に当てて泣いていた。孝夫は季美枝のその様子を見て、もうそれ以上何も言うことができなかった。

しばらく季美枝は啜り泣いていたが、やがてハンカチで目許を拭うと、気を取り直したように立ち上がった。そしてベッドサイドへ行って緋美子の名を呼びながら、ベッドの上で失神している緋美子の上半身を激しく揺すった。すると緋美子は
「はあー」

と声を出して眼を開けた。

緋美子はしばらくベッドの上に身を横たえたまま大きく息をしていたが、やっと上半身を起してベッドの上から降りると、ものうげな動作でベッドサイドに脱ぎ捨ててあった下着とドレスを身に着け、孝夫のほうを見て言った。

「孝夫くん、来週もまた来てくれるかしら？」

孝夫は緋美子にそう問われても、今夜の体験があまりにも異常でショッキングなものであるだけに、即答を躊躇せざるをえなかった。

「いや、それは。来週はどうなるか」

と孝夫が言うと、緋美子は孝夫の眼をじっと見据えて毅然とした口調で言った。

「孝夫くん、孝夫くんは私の誘いを断るつもりなの？　私と孝夫くんの儀式はまだ終っていませんよ。まさか孝夫くんは、私との約束を忘れてしまったわけではないでしょうね？」

「え？　いや、約束は決して忘れてはいないけど」

緋美子の詰問《きつもん》に、孝夫はしどろもどろになって答えた。

「それを聞いて安心しました。念のためにもう一度確認しますけど、それはあなたと私がつきあい始めるときに約束したことで、決して私を捨てないということと、私と逢っていることを誰にも話さないということだったはずよ」

孝夫は緋美子にそう念を押され、慌てて言った。

「もちろんそれは忘れていないよ。僕は約束を破るつもりはまったくないんだ」

孝夫のその言葉を聞いた緋美子は、急に穏やかに微笑して言った。

「それを覚えていてくれて私も安心しました。なぜならそれを忘れると、あなたは大変なことになってしまうからなの。私もできればそういうことは避けたいと思っているのよ」

緋美子のその言葉を聞いた孝夫は、全身の肌が粟立《あわだ》つような寒気を感じながら言った。

「わかった。来週もきっと来るよ」

逃げるように緋美子の家を出た孝夫は、帰り道を闇雲《やみくも》に走った。孝夫は走ることで、今夜緋美子の家であったことをすべて頭の中から追い出したいと思った。

孝夫は来週も緋美子の家を訪問することを緋美子に約束したが、もう二度とそのつもりはなかった。が、孝夫がそれを断ると緋美子が何を言い出すか、何をするかわからなかったので、断ることができなかった。

先ほどの激しい雨はすでにすっかりあがり、帰り道を急ぐ孝夫の頭上に、秋の夜の満月が煌々《こうこう》と輝いていた。

七

それから一週間が過ぎ去った月曜の朝、孝夫が登校すると、教室の中は衝撃的な話題で揺れていた。教室ではあちこちで声をひそめ、内緒話をしている者の姿が見受けられた。

朝のホームルームが始まって担任の教師が改めてそのことを告げたとき、クラスの中に新たな衝撃が走った。それはクラス委員長の斉藤が昨日の日曜の午後、自宅マンションの六階から飛び降り自殺をしたというニュースであった。

斉藤は家族だけではなく、学校からも大きな期待を受けていた。斉藤は大変な秀才であるために、東大へ合格することも夢ではないと言われていた。そんな斉藤が自殺してしまうとは、いったい誰が予測できただろう。孝夫のクラスでは、その日の午後に執《と》り行われる斉藤の葬式に全員が出席することになった。

昼食後に孝夫のクラスメート四十数名は、地下鉄で全員斉藤の家へ向かった。

午後二時を過ぎたころ、孝夫たち一行が斉藤の自宅マンションの玄関前に着くと、そこにはすでに大勢の喪服を着た人たちが詰めかけていた。マンション一階にある共同施設が葬式会場になっていて、会場には多数の花輪が飾られていた。

クラス全員が葬式会場に入室し、クラス副委員長の矢島美佳が弔辞を読み上げた。祭壇の中央には、学生服姿の斉藤の遺影が悲しいほどさわやかな笑顔を見せていた。孝夫がそれとなく会場内で弔問客の応対に追われている斉藤の家族の様子を窺うと、斉藤の母親と中学生の妹はすっかり憔悴《しょうすい》しきっているようであった。斉藤は妹と二人兄妹だった。

葬式からの帰り道、孝夫は建次と並んで歩きながら建次に話しかけた。

「まさか斉藤が自殺するとはな」

「ああ、こんなことなら先週斉藤の家へ行ったときに、ひと目でも斉藤に逢いたかったな」

「お母さんが逢わせてくれなかったんだから、斉藤はよっぽど衰弱していたんだろう」

「それにしても妹さんがかわいそうだった」

「たった二人きりの兄妹だからなあ」

「しかも可愛いかった」

「それは関係ないだろう」

孝夫が笑いながらそう言うと、建次が神妙に言った。

「お前も妹さんと二人兄妹だったな。妹さんを大事にしろよ」

「突然どうしたんだ。気持ち悪いな。妹は口うるさい奴だぞ」

「まったく羨《うらや》ましい限りだよ。俺もお前の妹さんみたいな可愛い子から、一度でも口うるさく言われてみたいもんだ。男ばかりの兄弟は地獄だぞ。何の潤いもありゃしない」

二人は斉藤が死んだというのに、そんな不謹慎な会話を交わしながら地下鉄に乗った。地下鉄の中で二人はしばらく無言だったが、建次が突然思い出したようにぽつんと言った。

「斉藤はなぜ自殺したんだろう？」

孝夫がそれに答えずにいると、建次が続けて言った。

「斉藤は工藤緋美子に振られておかしくなったという噂もあるが、ほんとうだろうか？」

「うーん、俺にはわからない」

「斉藤は女に振られるということなんか、夢にも思っていなかったのかなあ。緋美子に振られたダメージが、よほど大きかったのかもしれないな。プライドの高い奴だったからな。それはそうと、お前、緋美子とはうまくいっているのか？　先日はお前に花束を渡してくれたじゃないか」

「あ、いや、緋美子とは何もないんだ。冷静になって考えてみたら、緋美子が俺を相手にするはずないよ。先日は俺がステージの演出を考えて、緋美子に無理に頼んだんだ」

「なんだ、そうなのか。他のメンバーは、お前のつきあっている女かもしれないという噂をしてたぞ」

「緋美子と俺は何もない。それよりお前こそ由里子とどうなんだ？」

「由里子か。由里子はどうもまだお前のことを忘れられないようだ。俺と二人きりのときでもあまり楽しそうじゃないし、お前の悪口を無理に言うこともある。そのくせお前がいるときは俺の側へ来て、俺たちの仲のいいところをお前に見せ付けようとする。お前に気がある証拠じゃないか。緋美子とは何もないなら、いつまでも意地を張ってないで、由里子と仲直りしたらどうなんだ？」

「そうか。しかし、お前はそれでいいのか？　お前は由里子にまだ気があるんだろう？」

「由里子とはもういいんだ。他に当てがないわけじゃないからな。それともお前の妹さんを紹介してくれないかな？」

建次が唐突にそう言ったので、孝夫は意表を衝かれながらも苦笑して言った。

「あれはまだ中学生だし、ガキのくせに口うるさい奴だぞ」

「可愛いければ何でもいいんだよ」

建次のその言葉に孝夫はまたもや苦笑するしかなかったが、現在純子にはボーイフレンドが一人もいないらしいことを思い出した。

「それじゃ、一度純子に逢ってみるか？　あいつにはボーイフレンドが一人もいないんだよ。口ではえらそうなことを言ってるが」

と孝夫が持ち掛けると、建次はそれには答えず、照れたように微笑しただけであった。そして照れ隠しのためか急に話題を変えた。

「だけど、緋美子が斉藤の自殺に何らかの関係があったとすると、今日の緋美子はいつものように澄まし顔で、特に変わった様子はなかったなあ。少しでも自分に思い当たることがあれば、とてもあんな冷静な態度ではいられないはずなんだが」

「今度の斉藤のことに緋美子が関係しているかどうかについては、俺にはまったくわからないよ」

孝夫は建次に対してそう言ったが、斉藤が自殺したことについて緋美子が何らかの形で関与しているのは間違いない、という確信を持っていた。自分はその真相を解明すべきであるのか、あるいは自分にも同じような危険が迫っているのか、孝夫にはわからなかった。

孝夫はぼんやりとそんなことを考えながら、先ほどの斉藤家の葬式会場での緋美子の様子を思い泛べた。そしていつもと変らぬ清純そうな美少女振りを崩していなかった緋美子に、いいしれぬ恐ろしさを感じていた。

孝夫はある高く険しい山の中腹にある洞窟《どうくつ》の入口にいた。その山は草木《そうもく》一本ない岩ばかりの険しい山で、山の断崖絶壁の遥か下方も、ただ見渡す限りの灰色の岩肌が続いていた。

時刻は夕暮れのころのようでもあり、夜が明け始めたころのようでもある薄暗さであった。先刻から腐臭《ふしゅう》のような異様な臭気が孝夫の鼻を突いていた。どうやらその臭気は、洞窟の中から孝夫の許へ漂ってきているようであった。孝夫は腐臭に胸がむかつき、込み上げてくる吐気《はきけ》に襲われたが、この場を早く逃れようにも、足許は断崖絶壁で一歩も進むことができなかった。孝夫はやむなく、洞窟の中でしばしの休憩を取ることにした。

洞窟の中へ一歩足を踏み入れた孝夫は、恐怖のあまり声を立てることもできずにその場へ立ちすくんだ。そこには無数の骸骨が鈍く白い光を放って転がっていた。その数は数百、数千ともしれぬ骸骨が、広い洞窟の中に無数に重なり合っていた。

腐臭はいよいよ強烈になっていたが、ふと孝夫は洞窟の闇の中で何かが蠢《うごめ》いている気配を感じた。闇の中で眼を凝らしてよく見ると、それはどうやら巨大な二匹の毒蜘蛛《どくぐも》のようであった。

毒蜘蛛は洞窟の薄暗い闇の中で、巨大な血走った黄色い眼をぎらぎらと光らせ、五メートルは優にあろうかという、毛深く細い脚をゆっくりと動かしていた。毒蜘蛛の身体の色は鮮やかで毒々しい朱色と黒の縞模様で、口から凄《すさ》まじい臭い息を周囲に向かって吐き散らしていた。二匹の毒蜘蛛は一方の身体がやや小ぶりで、どうやらつがいのようであった。

孝夫は息を殺し、まるで金縛《かなしば》りにでもあったようにその場に立ちすくんでいた。毒蜘蛛は骸骨の上に乗り、まるでこっそり悪事をしているところを見つかった悪人のように、巨大な血も凍るような眼を光らせて孝夫のほうをじっと見据えていた。孝夫がそのあまりの恐ろしさに逃げ出そうとしても、気ばかり先に立って身体をまったく動かすことができなかった。

そのうちに孝夫は、足許に転がっている骸骨が微かに動いていることに気がついた。それは骸骨であるにもかかわらず面妖なことに、時折まるで生きているかのように、手足をゆっくりと動かしていた。

孝夫がその骸骨の顔をよく見ると、その顔は眼が落ち窪んで歯を剥き出した骸骨の顔ではあったが、そこには何かしら生きた人間のような表情が見てとれた。その表情は深い絶望と悲しみに打ちひしがれているようでもあり、何かを必死に訴えているようでもあった。

そのとき一匹の毒蜘蛛が「シュー」という鋭い音と共に、凄まじい速さで口から針のようなものを突き出したかと思うと、かたわらに転がっている骸骨の目の中にその針を突き刺した。そしてその針から「ジュル、ジュル」という音と共に、骸骨の中の脳髄《のうずい》を吸い出していた。

孝夫はそれを見て背中にぞくぞくとした悪寒《おかん》を覚え、あまりの恐ろしさに全身が硬直してしまったが、何とか少しずつ身体を動かして洞窟の外へ逃れることができた。が、洞窟の外へ出てほっと一息ついたのも束の間、孝夫は洞窟の外で足を踏み外し、断崖絶壁の谷底へまっさかさまに落ちていった。

孝夫は谷底でしばらくそのまま気絶していたようだったが、吹く風に頬を撫でられてようやく眼を覚ました。目覚めてあたりを見回すと、不思議なことに何百メートルもあろうかという谷底へ落ち、身体をしたたかに打ち付けていたにもかかわらず、孝夫はまだ生きていた。見上げると遥かな上空に黒い洞窟の入口が見えた。

しかし、孝夫をさらに驚かせたのは、目前の断崖の光景であった。それは遥かな高い断崖の岩肌に、何千、何万と無数に穴が穿《うが》たれていて、その穴の中には人間が一人ずつ閉じ込められていた。いや、閉じ込められているという表現は不適当かもしれない。人間たちは自らの意思で、穴の中に閉じこもっているように見えた。

穴の中の人間たちは、スーツにネクタイという服装の者もいればスカートを穿《は》いた女もいて、一様に絶望的な暗い眼をしていた。

その眼は洞窟の中で見た骸骨の眼とどこか似通っていた。穴の中の人間は膝小僧《ひざこぞう》を抱えて俯いている者もいれば、孝夫の近くの者は孝夫に気がつき、猜疑心《さいぎしん》の強そうな眼で孝夫を見据えていた。

何千、何万とも知れぬ無数の人間が、ただ同じポーズで断崖の穴の中に閉じこもっていた。それは異様な光景という以外のなにものでもなかった。孝夫はこの断崖の穴の中の人間たちが、いずれ洞窟の中の毒蜘蛛に捕《と》らえられ、毒蜘蛛に脳髄を吸われる運命にあるということを知った。

孝夫はそのとき目が覚めた。悪夢そのものの異様な夢であった。孝夫は先日の日曜に緋美子との約束を破り、緋美子の家を訪問しなかった。この夢はそのことと何か関係があるのだろうか。

そういえば孝夫は緋美子とデートをした日の夜、決まって緋美子と遊び戯れる楽しい夢を見た。それに反してこの悪夢は、一方的に孝夫が緋美子との約束を破ったことに対する緋美子の報復なのだろうか。また斉藤は毎夜悪夢に悩まされていると言っていたが、このような夢を見たのだろうか。

確かに毎夜このような夢を見ていたら、気が狂って自殺してしまうということもあるかもしれないと孝夫は思った。それは夢というよりは、あまりにリアルで衝撃的な体験であった。

八

翌々日のバンド練習の終了後、孝夫は由里子に大事な話があるということを言い、由里子を近くの喫茶店へ誘い出した。

孝夫が由里子と喧嘩別れしてから、すでに一ヶ月以上が経過していた。孝夫は由里子との初デートのときのように緊張していた。

喫茶店へ入ってコーヒーを注文したあと、二人のあいだに重苦しい沈黙が続いていた。孝夫は話をどう切り出すべきか迷っていた。自分のほうから一方的に絶縁宣言してこうなった以上は、ここは素直に詫びを入れるしかないと思われた。

由里子はバンドの練習へは、いつも自宅へ寄って着替えを済ませてから来ていた。この夜はグレーのタートルネックのセーターと、同色のプリーツスカートという服装であった。孝夫は目前で俯いたままずっと沈黙している由里子を見た。建次が
「由里子はまだお前のことを忘れていない」

と言ってくれたことが孝夫の支えだった。孝夫は思い切って用件を切り出した。

「突然あつかましいことを言うようだけど、僕と仲直りするつもりはないかな?」

孝夫のその言葉に由里子は顔を挙げ、驚いたような戸惑ったような表情をして孝夫の顔を見たあと、再び俯いた。

「このあいだのことは僕が悪かった。君に色々と言われたときは僕も腹が立ったが、あとになってから君の言うことはすべて僕を思ってのことだと気がついた。君は間違ったことを言っていない。ただ少々おせっかいという感じはあるけど。その後僕は反省していたんだが、なかなか君に言い出せないうちに今日まできてしまったんだ」

孝夫のその言葉にも、由里子は依然として無言で俯いていた。

二人のあいだに気まずい沈黙が続いたあと、ようやく由里子がその沈黙を破って唐突に言った。

「孝夫くん、あなたは私のことが好き?」

意表を衝く由里子の発言に、孝夫は慌てて答えた。

「もちろん好きに決まってるじゃないか」

「ほんとうにあなたは私のことが好きなの？　あなたは最近浮気しなかった?」

「僕は浮気なんかしてないよ」

「孝夫くん、あなた、私の眼を見てそれを言うことができる?」

「ほんとうに僕は浮気なんかしてない」

孝夫は由里子の眼をみつめてそう言った。由里子は孝夫と緋美子との関係を知っているのだろうか。確かに孝夫は先週まで緋美子に惹かれていた。それを浮気というなら浮気かもしれなかった。が、今はもう、孝夫は緋美子とつきあう気はなかった。緋美子は不可解で恐ろしい女だった。

今になって孝夫は、改めて由里子のことを好きなのだということに気がついた。孝夫はそのことを少し忘れていただけだった。孝夫が緋美子に声をかけたきっかけは由里子にも原因がある。由里子が孝夫に対してあんな差し出がましいことを言わなければ、二人は喧嘩などしなかったし、孝夫が緋美子に関心を持つはずはなかった。孝夫にだけ原因があるのではない。由里子とて今まで建次とつきあっていて、しかも由里子は孝夫にそのことを見せ付けていた。孝夫は緋美子とはもう逢わないのだし、孝夫が由里子のことを好きなのは事実なのだから、孝夫と由里子のためにも浮気をしたなどと認める必要はない。そんな思いで孝夫は由里子の眼をみつめてそう言った。

するとで由里子が疑わしそうに言った。

「じゃあなたにきくけど、先日ライブハウスであなたに花束を渡した人はあなたのクラスメートね？　あの人はあなたとつきあっているんじゃなかったの？」

「いや、あの子と僕はまったくつきあってなどいないよ。あの子は以前から僕たちのバンドを気に入っていたらしいんだ。それであの夜は花束を持って駆け付けてくれたんだ」

孝夫は由里子の言葉に一瞬動揺したが、自分でも驚くほど冷静にそう言った。緋美子の家へは何度か行ったけれど、それはもう済んだことであったし、今後行かなければいいと思った。

孝夫のその答を聞いた由里子は再び考え込むように沈黙したが、やがてようやく口を開いた。

「わかった。あなたの言うことを信じる」

「よかった。僕たちが仲直りすると、バンドの他のメンバーも安心するよ。僕たちが不自然に仲違《なかたが》いしていることで、他のメンバーも気を使っていたようだからね」

孝夫がそう言うと、由里子はやっと口許を綻ばせた。が、すぐに言いにくそうに口を開いた。

「そのバンドのことだけど。いつ言おうかと思っていたんだけど、私、実はバンドをやめようと思っているの」

「え？　それはほんとうなのか？　やっとバンドもギャラをとれるようになり、みんな張り切っているところなのに」

「バンドをやりだしてから成績が少しずつ落ちているのよ。来年は三年生で大学受験を控えているし。バンドの練習のあとで勉強するのは辛いのよ。あなたは大学をどうするの？」

「うーん。そのことはまだ考えていない。両親が大学へ行くように言ってるから、多分行くようになるだろう」

「ねえ、大学へ行くなら、私と同じ大学へ行きましょうよ」

「君が目指しているのはY大学だろう? 僕にY大学は無理だよ」

「あなたも勉強したら? 私と一緒に勉強しましょうよ。あなたは真面目に勉強していないじゃないの」

「僕はつい地道な努力を怠ってしまうんだ。試験の前の一夜漬けだけでね。でもどうせ大学へ行くなら真面目に努力して、希望に近い大学へ行きたいという気もあるんだ」

「だったら私と一緒に勉強しましょうよ。一人でしているからつい自分を甘やかしてしまうのよ。毎日予習と復習をきっちりするの。そしてわからないところを互いに教え合うのよ。場所はあなたの家でも私の家でもいいよね。私と純子ちゃんは友達だし」

「ちょっと待って。少し考えさせてくれないか。そうなるとバンドは解散ということになる。バンドのメンバーにも了解を取る必要があるからね。君がバンドをやめるということも伝えなければ」

孝夫の言葉に、由里子は納得したように頷いた。

「しかし、バンドがこのまま存続できるかどうかはわからないけど、君がバンドをやめるとなると、みんなはがっかりするだろうなあ。何と言っても君は紅一点だし、みんなの憧れの的だったから……。

実は君にやめると言われたから言うわけじゃないけど、僕は今度君にヴォーカルを取ってもらおうと思っていたんだ。そのときは僕がキーボードを担当してね。君のような子がヴォーカルを取ると、バンドの人気が一気に上がると思ってね。君は先日のステージでも、店の人や客に評判だったんだよ」

孝夫がそう言うと、由里子は恥ずかしそうに笑いながら言った。

「でも、私にヴォーカルなどできるかなあ？　もし私が歌うとするとどんな歌なの？」

「君にはジェファーソン・エアプレーンのグレース・スリックのような歌手になって欲しかったんだ。曲は『あなただけを』のようなサイケデリック・ミュージックだよ。それで君はスターになること間違いなしだ」

「それは私にはとても無理よ。あんなにパワフルで高い声はとても出ないし、あんな歌を歌いこなすのは……。第一あんな歌は恥ずかしくて……」

「そうか。それが嫌なら別にバラードでもいいんだが。しっとりとしたバラードも君にはいいかもしれないなあ……。それとも何か歌いたい歌はある？」

「あなた、私を説得してるの？　私の決心は固いのよ。でもあなたたちとのバンドの経験は楽しかった。このことは私の青春の素晴らしい思い出になったし、私は私をバンドに誘ってくれたあなたには、とっても感謝してるのよ」

「みんなはがっかりするだろうなあ」

「私がバンドをやめても、あなたとならいつでも逢うことができるのよ。一緒に勉強をするならね。私はキャンパスライフをあなたと一緒に送りたいから言ってるのよ」

「しかし、君と二人きりで勉強なんかできるんだろうか？　僕が妙な気にならなければいいけど」

孝夫が冗談めかしてそう言うと、由里子は色白の頬を赤く染めて俯いた。孝夫はその夜、

「週末まで考えさせて欲しい」

ということを由里子に言って別れた。


その翌日、昼休みが終了する間際に教室へ戻った孝夫が、机の上に置いた教科書にふと眼をやると、そのページに何やら白い紙が挟んであった。その紙は便箋を四つ折りにしたもので、孝夫がそれを開いてみると、便箋の中央に女文字と思われる柔らかな字で、

「あなたは私を裏切りました。覚悟してください」

という一行だけが、赤インクの万年筆で書かれていた。

孝夫はこのメモを書いて教科書に挟んだのは緋美子であるということを直感し、平静を装ってそれを通学鞄の中へ仕舞《しま》い込んだ。

孝夫はこのメモを書いたのがもし緋美子ならば、もしかしたら赤インクと見えたものは、鶏の血か人間の血であるかもしれないとも思えてきた。

同時に孝夫は緋美子に対する名状し難い恐怖に苛まれながらも、今後何があろうとも緋美子とは絶対に口をきかないことで、緋美子と完全に縁を切ろうと思った。時折教室の中で一人で淋しそうにしている緋美子を見るとかわいそうな気もしたが、あのような異常な女であれば、それもやむをえないと思った。

緋美子の下校時に緋美子を待ち伏せし、喫茶店に誘って交際を申し込んだこと、日曜に二人で映画を見に行き、そのあとで緋美子の家に立ち寄ったこと、その後三週続けて日曜に緋美子の家を訪問したことなどは、孝夫が黙ってさえいれば、誰にも知られることはないだろうと思った。

しかし、孝夫はそう自分自身に言い聞かせてからも、何か得体のしれない茫漠《ぼうばく》とした恐怖感に胸を締め付けられていた。

何を考えているのかわからないような冷静さで、あくまでも穢れなき美少女を装って近寄り難い気品さえ感じさせる緋美子が、堪らなく不気味で背筋が凍るようであった。孝夫は緋美子を美しいと思えば思うほど、緋美子への恐怖感が倍加していった。

また孝夫は斉藤のことを思うと気が狂いそうであった。斉藤は緋美子の家で鶏の血を飲んだに違いなかった。さらに緋美子は斉藤の血を飲んだだろう。斉藤は緋美子と肉体関係を持ったのだろうか。斉藤の見た悪夢とはどんなものだったのか。孝夫も悪夢らしきものをすでに見た。孝夫はひたひたと押し寄せて来る緋美子への恐怖の中で、辛うじて緋美子と肉体関係を持たなかったことが唯一の救いであると思った。

孝夫はゴツゴツとした岩山のようなところに一人で立っていた。その岩山の上から周囲を見渡すと、草木一本とてない岩と砂だけの荒涼《こうりょう》たる砂漠がどこまでも果てしなく続いていた。岩山には火山のような白い噴煙《ふんえん》が立ち込めていて、硫黄《いおう》の臭気が鼻を突いて異常に暑かった。

ふと孝夫はその噴煙の中に、人間のようなものの影がいくつも揺らめいているのを見た。孝夫が眼を凝らしてよく見ると、それは人間とも思えないような、おぞましい地獄の亡者《もうじゃ》の姿であった。

亡者は腰に褌《ふんどし》のような布きれを垂らしただけの姿で、身体が異常に痩《や》せこけていて胸は肋骨《ろっこつ》が浮き出し、腹は異様に膨らんでいた。身体の色は茶褐色で、髪と髭は長く伸び放題であった。突き出した眼が爛々と光っていて、大きな赤い口を開けてうろうろと岩山の上を所在なげに歩き廻っていた。

孝夫はそれら亡者の姿にいいしれぬ恐怖と嫌悪を感じたが、同時に激しい喉の渇きを覚えていた。孝夫が一刻も耐えられぬような猛暑の中で飲み水を探していると、岩山の麓《ふもと》に川らしきものが流れているのを発見した。

孝夫が岩山を降りて川の近くまで行ってみると、川の周囲には多くの亡者が群がっていた。川は幅二メートルにも満たないほどの水量の少ない小川であったが、亡者たちは川の流れを見ながら川の周囲を虚《むな》しくうろつくばかりで、誰も川の水を飲んではいなかった。

孝夫は喉が焼けるほどの渇きに苦しみながら、この川の水を飲んでよいものかどうか迷っていると、突然孝夫の目の前の一人の亡者が、川の水を手で掬《すく》って飲もうとした。

そのときどこからともなく、筋骨隆々《きんこつりゅうりゅう》たる身長二メートル以上もあろうかと思われる大男の獄卒《ごくそつ》が現れた。獄卒は鉄の丸い兜を頭に嵌め、鉄の胴に鉄の肘当てと脛《すね》当てをしていた。そして人間の手首ほどもある太さの、獄卒の身長を優に超えるほど長い錫杖《しゃくじょう》を右手に握っていた。と見る間に、獄卒はいきなり右手に持った錫杖を猛然と振り下ろし、亡者が水を飲むか飲まないうちに、亡者の両手をしたたかに打ちのめした。

獄卒に手を打たれた亡者は、

「ぎゃ」

と悲鳴を上げて飛び下がり、川岸に尻餅《しりもち》をついた。獄卒は尻餅をついた亡者の胸を目掛け、なおも錫杖を力を込めて振り下ろした。すると打たれた亡者の

「ぐぇ」

という呻き声と肋骨の砕けるような音が入り混じり、孝夫の耳にはっきりと残った。

獄卒は川岸に仰向《あおむ》けに倒れて息もたえだえの亡者の全身を、さらに悪鬼《あくき》の形相《ぎょうそう》で狂ったように、何度も続けて錫杖で打ちのめした。その打撃のあまりの凄まじさに、亡者の身体の骨は砕け、肉はちぎれて血と共に周囲に飛び散った。そして亡者の身体はさながら魚のすり身のようになり、ついにはまったく人間の身体の原形を留めないほど完全に破壊され尽くした。

亡者の最後を見届けた獄卒は、ようやく錫杖を打ち下ろす手を休めると、かたわらでこの様子を見ていた他の亡者に尋ねた。

「お前は水が飲みたいか?」

尋ねられた亡者が恐怖にかられた表情で頷くと、獄卒が言った。

「水が飲みたければついて来い」

その亡者が獄卒のあとに従って歩き出したので、孝夫も他の数人の亡者と共に、獄卒のあとに従った。

孝夫と亡者たちが獄卒に従い、岩と砂ばかりの荒涼たる砂漠の中を数百メートルも歩いたと思うと、先を歩いている獄卒と亡者がとある大きな岩の前で立ち止まった。その岩陰《いわかげ》には同じような風体《ふうてい》の数人の獄卒がたむろしていて、かたわらには炉《ろ》が据えられていた。炉の中では盛んに火が燃やされていた。

獄卒たちは顔に不気味な薄笑いを泛べてそこへやって来た亡者たちを眺めていたが、一人の獄卒が突然一人の亡者に駈け寄ったと思うと、亡者の身体を背後から羽交《はが》い締めにした。するとそれを見ていた他の獄卒が巨大なヤットコを持ち出して来て、亡者の口の中にそれを押し込み、亡者の口を無理矢理《むりやり》にこじ開けた。

そこへ他のもう一人の獄卒が炉に架けられた釜の中から、どろどろに溶けた真っ赤な鉄を柄杓《ひしゃく》のようなもので汲んで来て、ヤットコでこじ開けられている亡者の口の中へそれを流し込んだ。

その瞬間に「ジュー」という音と共に白煙が上がり、人間の焼け焦《こ》げる臭気が周囲に充満した。真っ赤に焼けてどろどろに溶けた鉄は、一瞬のうちに亡者の口中から喉を通って食道や内臓を溶かし、黒褐色の糞となって肛門から溢れ出た。

溶けた鉄に内臓を破壊された亡者は、虫の息となって微かに身体を震わせていたが、獄卒が羽交い絞めにしていた亡者の身体を開放すると、亡者はぼろ雑巾《ぞうきん》のようになって地面へ転がった。

それを見ていた獄卒の一人が言った。

「どうだ、お前たちの中にまだうまい水を飲みたいと思っている者はいるか？」

孝夫と亡者たちは獄卒の問いに何も答えられず、茫然とその場へ立ち尽くしているばかりであった。するとそこへ数人の亡者が獄卒に引き立てられてやって来た。その亡者たちは虚《うつ》ろな眼をして足取りも覚束《おぼつか》なく、立っているのもやっとという様子であった。

そのとき突然目の前に緑豊かな樹々《きぎ》が数十本ほど出現したかと思うと、えもいわれぬ甘酸《あまず》っぱい香りが風に乗ってやってきた。その香りはどうやら、目の前の樹々の枝に豊かに実っている赤い果実が発しているらしかった。

それを見た亡者たちが一斉に香りのするほうへ駆け出して行ったと思うと、たちまち赤い果実を樹の枝からもぎ取って食らいついた。その瞬間に赤い果実と見えたものは火焔《かえん》と化し、亡者たちの口中を焼き始めた。口中を焼かれている亡者たちは、口から火焔を噴き出しながら、苦しさのあまり地面の上をのたうち廻っていた……。

九

翌朝、孝夫はびっしょりと寝汗をかいて目覚めた。あまりにひどい悪夢のために、孝夫はしばらくのあいだベッドから起き上がる気にもなれなかったが、今日は学校を休むわけにはいかなかった。

今日はバンドのメンバーに対して由里子の脱退を報告せねばならなかったし、孝夫が悪夢に負けて学校を休むことは、とりもなおさず緋美子に敗北することを意味していた。

それにしても斉藤の見たという悪夢とはどんなものだったのか。孝夫の見る夢に緋美子が何らかの形で関与しているらしいことを、もはや孝夫は疑ってはいなかったが、いったい他人の夢を自由自在にコントロールするなどということが、果して可能なことなのだろうか。こんなことを第三者に話したとしても、誰も信じる者はいないだろう。また斉藤と孝夫以外に、こんなことを経験した者がいるとも思われなかった。

孝夫はベッドの上でそんなことを考えながら、それでも気を奮《ふる》い立たせてベッドから起き上がった。試験勉強の時などは徹夜に近い勉強をしたこともあり、孝夫は睡眠不足には強いと自覚していた。が、今朝の感覚は睡眠不足による体力の消耗とは少し違っていて、悪夢による恐怖心によって神経が磨耗《まもう》していると思われた。

それは悪夢そのものの恐怖と、夢を自由自在にコントロールされることの恐怖、さらに緋美子に対する恐怖が錯綜《さくそう》したものかもしれなかった。

その日の放課後、建次の家の倉庫にバンドのメンバーが全員集合していた。孝夫は練習を始める前に、由里子と自分がバンドを脱退するということをメンバーに告げた。他の三人のメンバーは孝夫の話があまりに突然のことであったためか、不平を鳴らすのも忘れて声もなく沈黙していた。

「突然のことでほんとに申しわけないとは思うけど、そういうことなんだ。せっかくバンドがライブハウスへ出演して軌道に乗り出したところで、みんなもやる気になっていたとは思うけど。所詮プロになれるわけではないし、僕も由里子ちゃんも大学を目指して勉強することにしたんだ。それにはもう時間があまりないんだ。僕たちが抜けても、みんなにはこのままバンドを続けて欲しいと思ってる」

孝夫がそう言うと、それまで沈黙していた由里子が言った。

「私もみんなのことは一生忘れない。青春の素敵な思い出をみんなのために作れたと思ってる。ありがとう」

「わかった。どうやら君たちの決心は固そうだな。できれば三年になるまでは君たちに続けて欲しいと思っていたんだが。俺たちが今後もバンドを続けるかどうかは、残った三人のメンバーでじっくり話し合って決めるよ」

建次がある程度このことを予期していたような、冷静な口調でそう言うと、長谷川と広瀬も頷いた。

孝夫は由里子と連れ立ってその場をあとにした。そのとき孝夫の脳裡《のうり》を若干の後ろめたさがよぎった。帰る道すがら孝夫が由里子に言った。

「由里子ちゃん、これでよかったんだね？」

孝夫のその言葉に、由里子は嬉しそうに笑った。二人はそのまま地下鉄へ乗って孝夫の家へ向った。地下鉄に十分あまり乗車すると、もう列車は孝夫の家の最寄りの駅へ着いていた。

二人は秋の夕暮れの舗道を並んで歩いた。時刻は午後五時半ごろで日没にはまだ少し間があったが、ひんやりした風に早くも深まりゆく秋の気配が感じられた。十月も半ばを過ぎ、これからは各地の紅葉が鮮やかな色を付け始める季節であった。

孝夫は由里子と並んで歩くのが気恥ずかしく、沈黙の隙間を埋めるように
「今日はちょっと遅くなったかな」

と言うと、由里子がそれに応じて言った。

「今日は初日だから、さらりと流しましょう」


二人は基本的には、月、水、金の週三日間を、どちらかの自宅で勉強に当てることにした。これはバンドの練習と同じ日程であったので、二人にとって特に負担となるものではないと思われた。土曜については金曜の状況でその都度決定することにした。必ず宿題を出し合うということにし、どちらの自宅を使用するかについては、とりあえず週交替ということにした。

二人が孝夫の家へ着いて二階の孝夫の部屋で寛いでいると、ほどなくドアをノックする音がした。孝夫が返事をすると、妹の純子が顔を覗かせた。純子は
「やっぱり由里子さんが来ていたのね」

と言ってから、由里子のほうへ笑顔を向けて挨拶した。

「こんにちは、ご無沙汰《ぶさた》してます」

「こんにちは、お元気そうね」

と由里子も返礼して微笑した。純子はすぐ階下へ下りて行ったが、やがてお茶と煎餅《せんべい》を盆に載せて運んで来た。孝夫の母親の美枝子は、夕食のための買物に出掛けていてまだ帰っていなかった。父親の敏雄は毎夜仕事で帰りが遅かった。

二人は純子が持って来た煎餅をかじりながら勉強を始めた。孝夫は由里子から、孝夫の苦手としている数学と物理を中心に、教科書に従って現在学校で学習している箇所のポイントを教わった。

その夜由里子は、午後八時過ぎに孝夫の家をあとにした。

孝夫は由里子と実際に勉強してみて、由里子の優しさと聡明さに感動していた。その日の勉強は二時間あまりの短いものであったが、孝夫の弱点を即座に把握し、それをさりげなく強化する由里子の的確なアドバイスは、それほど勉強の好きとは言えない孝夫に対し、改めて勉強

に熱中させる興奮を与えた。

しかし、由里子が孝夫と一緒に勉強することが由里子自身の勉強になっているかどうかは、孝夫には疑わしかった。

由里子はお互いのために一緒に勉強しようと言ったが、そのためには孝夫の実力をもっと上げる必要があると思われた。今夜のように由里子が一方的に孝夫を指導するような学習方法では、孝夫が由里子の足手《あしで》まといになるだけではないか。

孝夫は考えた。もしかすると由里子は孝夫に恋していて、孝夫と一緒にいたいと思っているだけなのかもしれない。ほんとうに由里子は、孝夫と共にY大学に合格したいと思っているのか。由里子はともかく、孝夫がY大学に合格することなどできるのか。そもそも男女が互いを啓発して勉強することなど可能なのか。勉強というものは本来孤独なものではないのか。

由里子の髪の甘い香り、澄んだ美しい声、白く細い指、整ってはいるが笑うと愛らしい顔、女らしいめりはりのある肢体《したい》、孝夫はそれらのものと勉強というまるで異質なものを、何の違和感もなく自己の中に同居させる必要に迫られていた。

それは火災というには、あまりに異様な光景であった。凄まじい火焔が地面を疾風《しっぷう》のように襲っていた。地上のもの全てを焼き尽くすような炎は、どんどん勢いを増して孝夫の足許へ迫っていた。

亡者が絶叫しながら炎の中を逃げ惑って右往左往《うおうさおう》していた。が、猛火の勢いは亡者の逃げ足を遥かに上回っていて、逃げ遅れた亡者は炎に包まれて燃え上がっていた。熱い。猛烈な熱さが人間の焼け焦げる異様な臭気と共に孝夫を襲っていた。

猛火に焼かれた亡者は、一瞬にして黒焦げとなった。立ったままで炎と黒煙に包まれて焼かれている亡者がいた。川の水が湯煙《ゆけむり》を上げて蒸発していて、川の水を飲みに来たと思われる多数の亡者の死体が岸辺に折り重なって倒れていた。

だがこの未曾有《みぞう》の混乱の中でも、難を逃れて炎の外へ逃げ延びた亡者はいた。が、この亡者たちはほっと一息つくのも束の間、ことごとく屈強《くっきょう》な獄卒たちに捕えられ、高手小手《たかてこて》に縛り上げられていた。その捕えられた亡者の一人に獄卒がきいた。

「汝はなぜ捕えられたのか?」

亡者が獄卒の問いに答えられないでいると、獄卒はいきなり亡者の身体の縄目《なわめ》を掴んで、かたわらのグラグラと煮えたぎる釜の中へ抛《ほう》り込んだ。

「ぎゃー」

悲鳴とも絶叫ともつかぬ断末魔《だんまつま》の声を発し、亡者の身体は釜の中で真っ赤に溶け爛《ただ》れていった。その様子を見ていた一人の亡者は恐怖に顔を引きつらせていたが、獄卒が自分に対して同

様の質問を発するのを聞くと、

「私にはまったくわけがわかりません」

と答えた。亡者のその答を聞いた獄卒は、たちまち憤怒《ふんぬ》の形相をその面貌《めんぼう》に露にし、先の鋭い太い針を無数に打ち付けた鉄の巨大な鞭で、亡者の全身をしたたかに打ちのめした。鞭で打たれた亡者の身体は、一瞬にして皮膚が裂けて血が噴き出した。やがて亡者は

「うーん」

と一声高く呻いたと思うと絶息《ぜっそく》した。死んだ亡者の周囲にはちぎれた肉や内臓が飛び散っていて、亡者の屍骸《しがい》は骨が露になって血にまみれ、さながら赤い骸骨のようになっていた。

獄卒から同様の質問をされたいま一人の亡者は、

「私は身に覚えがありません」

と答えたために、またしても獄卒の憎悪の対象となった。亡者はたちまち獄卒の巨大な熊手《くまで》に身体の縄目を引っ掛けられ、抛り投げられた。亡者が投げられた先は、真っ赤に焼けた鉄板の上であった。

焼けた鉄板の上の亡者は、束の間手足を熱さのあまりばたつかせていたが、すぐにじゅうじゅうと音を立てて白煙を上げながら身体が燃え、やがてその身体は、一塊《いっかい》の黒焦げの灰と化していた……。

翌朝目覚めた孝夫は、あまりにリアルでどぎつい悪夢のために全身が鉛のように重かった。孝夫はベッドの上に寝たままで、半ば朦朧とする意識の中で考えた。

毎夜こんな悪夢を見せられたのでは、とても身が持たない。このままでは遅かれ早かれ、自分も斉藤のようにノイローゼになってしまうだろう。ここはとりあえず緋美子と和解するのが先決だ。孝夫は緋美子と一旦和解したうえで、改めて緋美子と別れる手段を考えようと思った。

そこで孝夫はその日登校すると、一枚のノートのページにメモを記した。そのメモを緋美子が休み時間に席を外した隙に、緋美子の机の中に忍ばせた。そのメモには以下のように記した。

「川上孝夫です。あなたとの約束を一方的に破った僕が悪かったのです。どうかもう僕を許してください。これからは何でもあなたの言う通りにします。明日の日曜の午後三時ごろ、僕はあなたの家へお伺《うかが》いしたいと思っています。もし明日の都合が悪いようであれば、今夜僕に電話で連絡してください」

という文面と共に、自宅の電話番号を記した。

その日は土曜日で由里子と勉強することになっていたが、孝夫はこれをキャンセルすることにした。緋美子から電話があるかもしれなかったし、とても落ちついて勉強などしている心境ではなかった。

由里子には体調が悪いという理由で、一日だけ休ませて欲しいということを、放課後すぐに由里子の教室の近くで伝えた。由里子に何も連絡しなければ土曜であったので三時ごろには、由里子が孝夫の家へ訪ねて来るはずであった。

孝夫の申し出を耳にした由里子は、心配そうに孝夫の顔を覗き込んで言った。

「どうしたの？　風邪《かぜ》？」

「そうかもしれない」

と孝夫が浮かぬ顔で答えると、由里子が再びきいた。

「じゃ、明日はどう？」

「明日はちょっと都合が悪いんだ。来週にしてくれないかな？」

と孝夫が申しわけなさそうに言うと、由里子は一瞬落胆したような表情を見せたが、どうやら納得したようだった。

孝夫が家へ帰ると、純子が孝夫の顔を見るなり言った。

「今日は由里子さん来るの？」

「今日は来ない」

孝夫はあっさりそう言うと自室へ入った。孝夫は自室のベッドの上で寝転んで、緋美子のことをぼんやりと考えた。

孝夫が明日緋美子の家へ行くと、緋美子は孝夫の血を飲むことを要求してくるかもしれない。孝夫はそれには何とか耐えられたとしても、さらにそのあとで緋美子が孝夫の身体を要求してくる可能性もあった。

孝夫とて未《いま》だ女性経験はなかったから、女の肉体に関しては狂おしいほどの憧憬《どうけい》があった。ましてや緋美子のような美少女を相手にしてそのようなチャンスが巡ってくることは、本来絶対にありえないことであった。が、どういうわけか今の孝夫は、緋美子と肉体関係を持つことは、何か取り返しのつかないことになるような気がしていた。

孝夫は斉藤がその一線を越えてしまったのだと思った。それにははっきりとした根拠はなかったが、なぜか孝夫はそんな気がした。

自分は緋美子と肉体関係を結んでいないので、まだ救われているのだと思った。緋美子とそうなってしまってからでは緋美子と永遠に別れられなくなり、緋美子に身も心も滅ぼされてしまうのではないだろうか。

さりとて緋美子と無理に別れようとすると、悪夢に執拗《しつよう》につきまとわれ、結局斉藤のように自殺してしまうよりないかもしれない。が、孝夫は、今ならまだ緋美子の悪夢から逃れる最後のチャンスがあるような気がした。明日は何としてでも、そのヒントでも掴んで帰らねばならないと思った。

十

翌日の日曜の午後三時になるころ、孝夫は緋美子の家への舗道をゆっくりと歩いていた。孝夫は歩きながら、緋美子の家に徐々に近づいて行くのが恐ろしかった。が、歩いているうちに、とうとう緋美子の家の門前まで来てしまった。家の門をくぐる孝夫の胸の鼓動は早鐘《はやがね》のように激しくなっていた。

白い鰯雲《いわしぐも》が上空一面に広がっていて、秋のやや冷たい風が庭木の楡の枝を揺らし、芝生の上を吹き抜けて来た。

孝夫はゆっくりと庭の中を歩いて行き、玄関のチャイムを震える指で押すと、季美枝が玄関に姿を現した。季美枝は孝夫の顔を見て

「いらっしゃい」

と言ったあと、孝夫の耳許に口を寄せて小さな声で言った。

「あなたは私の警告を無視してまたこの家へ来たのね。このままではあなたは、取り返しのつかないことになりますよ」

孝夫は季美枝にいきなり機先《きせん》を制され、声をひそめて言った。

「僕は今日を最後にするために来たんだよ」

季美枝は孝夫を家の中へ招じ入れると、二階のいつもの部屋へ案内した。季美枝が部屋のドアをノックすると、部屋の中から
「どうぞ」

という声がした。

「孝夫さんがお見えになりました」

と季美枝が言って部屋のドアを開けた。孝夫が部屋の中へ一歩足を踏み入れると、椅子に腰掛けていた緋美子が立ち上がり、孝夫を見て悠然《ゆうぜん》と微笑んだ。

緋美子は眼の覚めるような鮮やかなスカイブルーのロングドレスに身を包んでいた。長いスリットの入ったそのドレスには、キラキラと輝く銀色のスパンコールが散りばめられ、胸元にはサファイアを銀のチェーンで吊ったネックレスがマリンブルーの輝きを放っていた。さらに長い髪をスカイブルーのリボンで結び、足許も同様にブルーのハイヒールを履いていた。

緋美子の鮮やかなブルーのドレスのクールで清澄な色調は、緋美子の肌の白さを一層際立た

せていて、気品に満ち溢れた緋美子の輝くばかりの美貌に、孝夫は魂を抜き取られるような蠱《こ》惑《わく》を感じた。

その緋美子のいでたちに眼を奪われて立ち尽くしている孝夫に、緋美子が弾《はず》んだ声で言った。

「お久し振り。また来てくれて嬉しい」

「先週は約束を破って申しわけなかった」

「わかってくれればいいのよ」

孝夫が先週の日曜に緋美子との約束を破り、緋美子の家を訪問しなかったことを詫びると、緋美子は微笑して孝夫を即座に許した。

「今日のドレスはとっても美しい。君によく似合ってるよ」

「ありがとう。私も少しはセクシーかな?」

「もちろん、とってもセクシーだよ」

孝夫がそう言うと、緋美子は身をくねらせるようにして嬉しそうに笑った。

孝夫はすでにこのとき、先ほどまであれほど自分自身の意識を占めていた、緋美子に対する恐怖心をすっかり忘れていた。この清純で美しく無邪気でさえある緋美子を、あれほど自分が恐れていたとは到底《とうてい》信じられないことであった。それどころか孝夫は、緋美子に血を吸われようとも、どのような悪夢を見せられようとも、緋美子と身も心も結ばれたいという思いに執《とら》われつつあった。

今日の緋美子の姿を見て、冷静でいられる男などこの世にいるとは、孝夫には思われなかった。孝夫はこのとき、目の前の緋美子と一瞬でも結ばれることができるならば、たとえ残りの人生を捨てても悔いはないとさえ思った。緋美子のためならば死んでもいいと思えるほど、それほど目の前の緋美子は美しく魅惑的であった。


そのとき部屋のドアをノックする音があった。緋美子が
「お入り」

と言うと、季美枝がドアを開けてその白い顔を覗かせた。ワゴンを押して部屋に入って来た季美枝は、無言でテーブルの上へ料理の皿を並べ始めた。その様子を見ていた緋美子が言った。

「この料理は私があなたのために真心を込めて作りました。昨日から材料を揃えて下ごしらえをし、今日も私は季美枝さんの協力を得て、朝から料理にかかりきりでした。夕食にはまだ少し早い時間ですけれど、どうぞお召し上がりになって」

その料理は緋美子によると、

「燕巣《えんそう》のスープ、仔牛《こうし》の煮込み、小鳩のグリルのポテト添え、アスパラガスのサラダ」

ということであった。

季美枝がワインバスケットから赤ワインのボトルを取り、その栓を慎重に抜いた。続いて緋美子のグラスにテイスティングのための少量のワインを注ぎ、緋美子が緩やかな典雅な動作で、グラスに注がれたワインのテイスティングをした。それが済むと、季美枝が孝夫と緋美子のグラスにワインを注いだ。

孝夫がワイングラスに口を付けないでいると、それを見た緋美子が微笑して
「これはシャトー・ラトゥールというワインよ。安心して」

と言うと、ワイングラスの脚を細く白い指で持ち、ゆっくりと傾けた。

孝夫はワイングラスに口を付け、テーブルの上に並べられた見たこともないような料理を口へ運んだ。緋美子が季美枝の協力を得て調理したというそれらの料理の味は、まるで舌の上でとろけてしまうような、徐々に口中に味覚が広がっていくような、まろやかで深みのある豊かな味がした。

その味は孝夫がかって味わったことのあるどんな料理の味とも違うもので、世の中にこのような味の料理があることを、孝夫はこのとき初めて知った。その味はあたかも人間の舌を魔法にかけて酔わせるような、不思議な味であった。

「これは美味しい。僕はこんな料理を食べたことがないよ」

「あなたが気に入ってくれて、私も作った甲斐《かい》がありました」

そのとき季美枝が、ワゴンを押して部屋から出て行く気配がした。それを待っていたように緋美子が言った。

「孝夫くん。私のことをくれぐれも誤解しないでね。私は鶏の血やあなたの血を飲んだりしたけれど、あれはどうしてもそうしたいというわけではなくて、ほんの遊びでしたことなのよ。私は動物や人間の血を飲まなくても別にどうということはないし、心身の健康を保つにはあんなものを飲まなくても何の支障もないの。先日季美枝さんとベッドの上でしたことも、あなたは少し驚いたかもしれませんが、私にとっては軽い遊びのつもりだったのよ。私のことを異常な女と思って欲しくないの」


孝夫は緋美子の言葉に茫然とした。緋美子は先日のことを軽い遊びのつもりだと言ったが、孝夫にはどう考えても、あれが健全な女子高生の遊びには見えなかった。孝夫はここで緋美子の話を漫然と聞き流しては、依然として緋美子の術中から抜け出すことは不可能であると思い、意を決して言った。

「先日斉藤がノイローゼになって自殺したよね。僕はこのことには、君が関係しているように思っていたんだが」

するとと緋美子は、表情も変えずに冷静に言った。

「あなたはそんなことを考えていたの？　私はあなたがどうしてそんなことを考えたのか、まったく理解することができないの。それはなぜなの？　その根拠はあるの？」

「あ、いや、斉藤は君に振られたという噂もあったし、失恋自殺ということも考えられると思って……」

緋美子の自信に満ちた毅然とした態度に、孝夫は弁解するような、しどろもどろの口調になっていた。

「そのことに関しては、あなたと最初におつきあいを始めるときに、私はあなたにはっきりと言ったはずです。斉藤くんは私のことを愛していると言って私に近づいて来ていながら、その後どういうわけか、私の純情を踏みにじって私から去って行ったのです」

緋美子は再び、斉藤の自殺と自分とは何の関係もないということを強調し、むしろ振られたのは自分であるということを言った。

孝夫は改めて緋美子にそう言われてみると、もしかしたら孝夫の緋美子に対する疑惑は、まったくの孝夫の思い過ごしかもしれないという気がしてきた。が、孝夫は自分自身も悩まされている悪夢に関し、緋美子に問い質してみた。

「斉藤は悪夢に悩まされて不眠症になっていたらしい。そしてそのことが原因でノイローゼになり、ついには自殺してしまったんだ。実は僕も先日までひどい悪夢に悩まされていた。それは思い出すのさえおぞましい世にも恐ろしい夢だった。こんなことを言うと僕の良識を疑われるようだけど、僕にはその夢と君が関係しているように思えるんだ」

孝夫のその言葉に緋美子は表情をこわばらせ、石のように動かなくなって沈黙してしまった。が、しばしの沈黙ののちにゆっくりと椅子から立ち上がり、ピアノのほうへ向かって静かに歩いて行った。そしておもむろにピアノの蓋を開けると、微かに聞き取れるほどの音量でピアノを弾き始めた。

そのピアノの音はまるで見えない妖精に語りかけるように、傷ついた魂を癒《いや》すように、穢れた心を洗い流すように、静寂を極めた部屋の空気を震わせた。

やがて緋美子はピアノを弾き終えて席へ戻ると、孝夫の顔を正面から見据えて言った。

「あなたはどうやら大変な誤解をしているようですね。なぜあなたはあなたの見る夢と、私が関係していると思うのですか?」

孝夫は改めて緋美子にそう問われてみると、自分の話の根拠がもうひとつ脆弱《ぜいじゃく》であるような気もしたが、緊張で口中に渇きを覚えながらも、勇を鼓《こ》して言った。

「それは、僕はこれまでに一度も悪夢など見たことがなかったし、ちょうどそれを見始めた時期が、君との約束を破ってこの家へ来なかった時とぴったり一致しているんだ。それに斉藤が悪夢を見始めた時期というのも、君との噂があった時期と一致しているようにも思う。僕は斉藤が学校を休んでいた時期に、友達と二人で斉藤の家まで見舞いに行ったんだ。そのとき斉藤は『悪夢に悩まされていて眠れない』と言っていて、見る影もなくやつれていたんだよ」

孝夫のその言葉を聞いた緋美子は、その顔に困り果てたような、複雑な笑みを泛べて言った。

「それはとても信じられないような話ですね。たとえその話を第三者に話したとしても、到底それを信じる人がいるとは思えません。他人の夢を自由にコントロールするなどということが、果して私などにできることでしょうか。そのようなことがほんとうにこの世にありうるのでしょうか。そんな超能力は私にはありませんよ」

緋美子のその答は、孝夫の予想通りのものだった。孝夫はそれを聞き、緋美子に対するさらなる疑問を口にした。

「では先日の僕に対する警告はどういう意味なの？　あのメモは君が書いたものだね？　あれは僕に対する脅《おど》しじゃないか」

孝夫のその詰問に、緋美子は再び沈黙した。

しばらく沈黙していた緋美子は、ゆっくりと椅子から立ち上がると、そのまま部屋を出て行ってしまった。あとに一人残された孝夫は、急に緋美子に対する恐ろしさが胸の裡《うち》に込み上げてきた。秋の日はすでに暮れかけていて、部屋の窓ガラスに薄暗い闇が張りついていた。

孝夫はこのままこの家から逃げ出そうかとも思ったが、それでは問題は何ひとつ解決していず、また今夜から再び悪夢に悩まされるかもしれなかった。

孝夫がそんなことを考えていると、緋美子が再び部屋に戻って来た。緋美子はゆっくりと椅子へ腰掛け、孝夫の顔をみつめて言った。

「突然席を外して申しわけありません。教室でのメモのことですが、あのメモは確かに私が書いて、あなたの教科書に挟んだものです。けれども少しは私の気持ちも察していただきたいと思います。あなたは私とあれほど約束していたにもかかわらず、私との約束を一方的に破って私の家へ来ませんでした。それは私に対する二重の裏切りでした。なぜならあなたは、私を絶対に捨てないという約束をも私としていたからです。あなたはあのメモを脅しと取ったかもしれませんが、私としては私の許から去って行こうとしているあなたを取り戻すには、あのようなメモに私の気持ちを託するより他に方法がなかったのです。このあいだは斉藤くんに去られたばかりで、今またあなたまでもが私の許を去って行くと思うと、私は淋しさのあまり、ついあのようなものを書いてしまいました」

感情を込めて切々と自身の気持ちを訴える緋美子に、孝夫はいいしれぬ同情の気持ちが胸中に湧き起こってくるのを禁じえなかった。孝夫は緋美子を慰めるような、哀願するような口調で言った。

「どうか君を裏切った僕を許して欲しい。君を疑っていた僕を許して欲しい」

「あなたにわかっていただければ、私はそれでいいのです。もう二度と私を裏切るようなことはしないでください。また私を疑うようなこともしないでください。私はあなたに裏切られ、ほんとうに辛い思いをしました。私は今までの人生で両親の愛をほとんど知らないままに育ちました。両親は宝石でも洋服でも、私の欲しがるものを何でも買い与えてさえいれば、それでよいと思っていました。私には兄弟も親しい友人の一人もいません。季美枝さんも私に心を開いてはくれません。この広い世の中で私はたったひとりぼっちです。昨日から私は、心を込めてあなたのために料理を作りました。それはあなたが、私の許に帰って来てくれそうだったから。私はそれが嬉しくて、料理を作るのが楽しくてなりませんでした。私はこの楽しさを今日だけのものにしたくはありません。どうか私のこの気持ちをわかってください」

緋美子はそう言いながら涙ぐんでいた。孝夫はそれを聞いて胸の裡を震わせながら言った。

「今日は僕の血を飲まなくていいのかい?」

「今日はそれはいいの」

「君の僕に対する愛はわかったよ。僕だって君と同じほど、いやそれ以上に君を愛しているんだよ」

二人は互いに相手に操《あやつ》られる人形同士のように、みつめ合ったまま席を立った。そして吸い寄せられるように寄り添い、ゆっくりと抱き合った。

十一

孝夫は緋美子と手を取り合い、空中へ浮かんでいた。場所はどうやら、緋美子の家の庭のようであった。見覚えのある白壁の洋館と庭の芝生、緑豊かな楡の梢が眼下にあった。

孝夫は詰襟《つめえり》の学生服、緋美子はセーラー服を着ていた。あたかも二人はこれから学校へ行くような服装をしていたが、それにしては二人とも手ぶらで、ようやく夜が明け始めたころと思われるような、登校時刻にはまだ早すぎる薄明かりの中にいた。

風は弱く吹き渡ってきて、空中へ浮いている緋美子の髪を靡《なび》かせ、セーラー服のスカートの裾を翻していた。二人ともなぜここにいるのか、なぜ空中へ浮いているのか、これから何処《どこ》へ何をしに行くのかまったく理解できないまま、緋美子の自宅の庭の上にぽっかりと浮かんでいた。

二人の心は限りない安らぎに満たされ、心の中のわだかまりや何かをどうしたいというような気持ちはすっかり消え失せ、これからどうなるのかというような不安もまるでなかった。二人はただ胸の奥から込み上げてくる幸福な気持ちと、ありとあらゆるものに対する優しい思いに満たされていた。

やがて昇り始めた太陽の光が早朝の清浄な空気に反射し、二人の周辺に黄金の光芒《こうぼう》を煌かせた。その太陽の上昇に歩調を合わせるように、二人の身体も徐々に上昇していった。

二人の眼下の建物と庭は徐々に小さくなり、夜明けの街並みが飛行機の窓からの眺望《ちょうぼう》のように見えていた。市街を縦横に走る道路、建物、公園、学校、広場、川、橋などが、パノラマのように一望の下に見渡せ、遥か彼方に山々の稜線《りょうせん》が霞んでいた。

煌く光がまろやかな球体に凝固《ぎょうこ》したような太陽が、山の彼方から徐々に姿を現し、それまでのモノトーンの地上の世界を一変させていた。太陽光線が山と空と雲を放射状に、金色とも茜色ともつかぬ色に染めあげ、まさしくそれは言語に絶する神の光の芸術そのものであると思われた。

二人は眼下に繰り広げられている太陽の光の芸術の荘厳な美しさに見とれながらも、さらに上昇を続けていった。

二人はモザイクのように凝集する市街地、緑豊かな森林や長閑《のどか》な田園地帯、海岸線の白い波や紺碧の海、粗い岩肌の山々などを見下ろしながら、なおも大地から遠ざかっていった。

さらに二人は雲間から巨大で生々しい地球儀を見るような光景に接したかと思うと、なおも上昇を続けていって、蒼い海に白い雲の紋様を散らした、バルーンのような地球が目前にあるのを見た！

月曜の朝目覚めた孝夫は、昨日緋美子と和解したことが、孝夫の見る夢の内容を劇的に変化させた原因であると思った。

やはり緋美子は、悪夢であれ、それとはまったく正反対の不思議な夢であれ、孝夫が見る夢の内容を思いのままにコントロールしていたのだ。

あるいは緋美子は無意識であるが、緋美子と孝夫の関係の良否がそのまま孝夫の心象となって孝夫の夢に作用している、などということも考えられたが、いずれにしろ緋美子が何らかの形で、孝夫の見る夢に関与、もしくはそれをコントロールしているということを、孝夫は確信せざるをえなかった。

孝夫は緋美子への得体のしれない恐怖におののきながらも、同時に昨日逢った緋美子の美しさとセクシーさに、胸が締め付けられるような苦しさを覚えた。また緋美子の家庭環境のあまりの孤独さに、一抹《いちまつ》の同情心を感じていた。もし自分が両親にまったく放任されていたらどうなっているだろう、と孝夫は考えた。

その日の授業中に孝夫は、由里子と一緒の勉強をこのまま続けるべきかどうか、ということをずっと悩んでいた。孝夫はバンドを辞めてまで由里子と一緒に勉強することを選択したが、もしそのことが緋美子に知れたら、緋美子は孝夫を絶対に許さないだろうと思われた。

その日の放課後、孝夫は地下鉄で由里子の家へ向っていた。孝夫は由里子の家へ行く道すがら、ずっと由里子との関係をどうするかについて考えた。由里子と約束した時刻は午後四時半であった。

由里子の家は、K市の下町の住宅地に位置する瀟洒《しょうしゃ》な和風の二階建てであった。表札の架かった門を入ると小さいながらも庭があり、庭の隅には花壇があって、黄色の中菊が華麗な花を咲かせていた。

孝夫が門を入って玄関のブザーを押すと、由里子の弟の秀樹が姿を現した。由里子の家庭は市役所に勤務する父親と専業主婦の母親、それに中学生の弟の秀樹との四人家族であった。秀樹は孝夫の顔を見ると、二階へ由里子を呼びに行った。

孝夫が二階の由里子の部屋で勉強の準備をしていると、由里子の母親の陽子が、お茶とクッキーを盆に載せて運んで来た。

「いつもお世話になって。がんばってくださいね」

陽子は机の上に湯呑み茶碗とクッキーの皿を載せると、笑顔でそう言い残して部屋を出て行った。由里子の母親は優しく穏やかな女性で、年齢は四十をいくつか越えているはずであったが、孝夫には三十代のように若々しく見えた。

孝夫は裸の電気コタツの前に由里子と向き合って胡座《あぐら》をかくと、教科書やノートなどを鞄から取り出してコタツの上へ揃えた。それを見ていた由里子が、

「先週の宿題はやって来た?」

と孝夫にきいた。孝夫は由里子のその言葉に一瞬ドキリとしたが、笑顔を取り繕って弁解した。

「ごめん。先週の宿題はちょっと事情があってできなかったんだ。その前に君にぜひとも相談したいことがあるんだけど」

孝夫は由里子にそう断ってから、緋美子と映画を見に行ったこと、緋美子の家へ何度か遊びに行ったこと、悪夢に悩まされていたことなどを話した。由里子はじっと沈黙して孝夫の話を聞いていた。

由里子は孝夫が一通り話し終えても、依然として沈黙したままでひとことも口をきこうとはしなかった。由里子はショックで顔色が青ざめ、まるで彫像のように固まってしまっていた。部屋の中を重苦しい雰囲気が支配していた。

「これで正直にすべて話した。君に内緒であの子とつきあっていたことを許して欲しい。それで今後のことを君に相談したいんだ」

孝夫が気まずい雰囲気を吹き払うようにそう言っても、由里子は悄然《しょうぜん》としてうなだれて沈黙したままであったが、永い沈黙ののちにようやく口を開いた。

「やっぱりあなたはあの人とつきあっていたのね。私はどうもそんな気がしないでもありませんでした。けれども私はあなたを信じていました。あなたの口からこのことを聞くまでは」

「このことは君と喧嘩したことが原因でもあるんだけど……」

孝夫が言いわけがましくそう言うと、由里子は色をなして言った。

「あなたのほうから一方的に私に対してひどいことを言っておきながら、よくそんなことが言えるわね。あなたは私がどんなに辛い思いをしているかということを全然知ろうともしていなかったのね？ それどころかあなたは、私に隠れてあの人とつきあっていた……。私はバンドの練習のとき、あなたと逢うのがとても辛かったのよ。少しは私の気持ちを察してくれてもいいじゃないの」

「でも、君だって建次と仲が良さそうだった。バンドの練習のとき、それを僕に見せ付けていたじゃないか」

孝夫がそう言って反撃すると、由里子は却って憤然《ふんぜん》として言った。

「あなたは私のことを信じていなかったの？ 私はあなたのことを信じていました。私は建次くんのことを何とも思っていません。そのことをあなたは、まったくわかっていなかったのね？

そしてあなたは私を裏切った……」

「どうかもう許して欲しい。僕がほんとうに好きなのは君なんだよ。僕が工藤緋美子とつきあおうと思ったのは、あくまでも君への当て付けのためだったんだ。僕と君はお互いに当て付けをしていたということじゃないか」

「それはほんとうにそうなの？　あなたは私のことが好きで、あの人とつきあったのは、私への当て付けのためだったと言うの？　あんなきれいな人とつきあっていながら……。あの人は男子の憧れの的の人じゃないの」

「いくら工藤緋美子が美人でも、僕はもう工藤緋美子とはつきあうつもりはない。どうか信じて欲しい」

　孝夫のその言葉に、由里子は再び沈黙した。そしてその沈黙に耐えかねたように部屋を出て行ってしまった。孝夫がどうしてよいかわからずに茫然としていると、やがて由里子が二本の缶ジュースを手にして部屋に戻って来た。由里子は無言で缶ジュースをコタツの上へ置くと、孝夫の顔をみつめて言った。

「わかった。今度だけはあなたを信じることにする。だから、もう二度と工藤さんには逢わないで。もう二度と私を裏切らないで」

「約束するよ。もう二度と工藤緋美子には逢わないし、もう二度と君を裏切るようなこともしない」

孝夫がそう言うと、由里子はやっといつもの笑顔を見せた。二人は和解のしるしにジュースで乾杯した。もしこれが緋美子とならばワインを飲むようなところであるが、ジュースがやっぱり高校生らしくていいと孝夫は思った。

ところがいざ由里子と仲直りしてみると、孝夫はほっとする間もなく、依然として問題が未解決であることに気がついた。

それは言うまでもなく、孝夫の悪夢の問題であった。孝夫が緋美子を無視して由里子とつきあったならば、孝夫が再び悪夢に悩まされることは絶対に確実であった。

「仲直りしたところで早速申しわけないんだけど、未解決の問題がひとつだけある。さっきも言ったように、僕が君とつきあって工藤緋美子を無視すると、僕が悪夢に悩まされてしまうんだ」

しかし、由里子がこのことを容易に信じないのも当然であった。

「ほんとうにそんなことが現実にあるのかなあ？　とても信じられないような話だけど」

「君は僕のクラスの斉藤慎一郎を知っているだろう？」

「あの自殺した人ね？　あのことには私も、少なからずショックを受けました。私もその人の顔だけは知っていたから」

「あの斉藤も悪夢に悩まされ続けていたんだ。そしてその悪夢には、実は工藤緋美子が関係していると僕は思っているんだ」

孝夫のその言葉に、由里子は眼をいっぱいに見開き、驚きを露にして言った。

「まさかあなたは、あの人が工藤さんのために自殺した、と言っているんじゃないでしょうね?」

「実のところ、僕はほぼそういうことだと思っているんだ。斉藤は工藤のために自殺に追い込まれた、と言っていいかもしれないんだ。僕は斉藤が一週間学校を休んだとき、建次と二人で斉藤のところへ見舞いに行ったんだ。そのとき斉藤は悪夢に悩まされて眠れないと言っていたし、そのことで眠るのが怖いとも言っていた。そのときはもう斉藤は、半ばノイローゼのような状態だった。斉藤は工藤に振られたという噂があったが、僕が工藤本人にそのことを確認してみると、工藤は『斉藤くんのほうから私へ言い寄って来て、斉藤くんのほうで私から去って行った』と言っていた。斉藤は決して失恋自殺というわけじゃないんだよ」

孝夫がそう言うと、由里子はなおも疑わしそうに言った。

「そうだからといって、工藤さんが斉藤くんに悪夢を見させて自殺に追い込んだ、ということにはならないでしょう。それに工藤さんがそう言ったからといって、斉藤くんが工藤さんに失恋しなかった、という証拠にもならないと思うし」

「君がなかなかこのことを信じないのも無理はないが、斉藤は失恋なんかで自殺するようなタイプの人間じゃないんだよ。斉藤は勉強もよくできてスポーツマンだし、そのうえハンサムで性格も明るく、女子の人気を独占していたんだ。決して自殺するような弱いタイプの人間じゃない。先生たちも斉藤には期待していた。それがあんなことになってしまったのは、工藤に毎夜のように悪夢を見せられたせいなんだ。あいつは他人の夢を自由自在にコントロールすることができる、世にも恐ろしい魔女のような女なんだよ」

孝夫のその言葉に、由里子は考え込むような表情をして言った。

「でも、あなたはたとえ一時《いちじ》のこととはいっても、工藤さんのことを好きだったんでしょう?」

由里子のその言葉に、孝夫はいきなり不意打ちを食らったように狼狽して言った。

「確かにかってはI藤に興味を持ったこともあったけど、今はもう全然そんな気はないんだ」

「あなたはもし工藤さんに悪夢を見せられていなかったら、未だに工藤さんのことを好きだったんじゃないの?　そして私と仲直りすることもなかったんじゃないの?」

由里子の鋭い追及に、孝夫はますます慌てて言った。

「いや、それは。仮定のことには答えられないよ。さっきも言ったように、僕が工藤とつきあったのは、あくまでも君への当て付けのためだったんだ。僕が君と絶交していなかったら、工藤とつきあうこともなかったんだよ。確かに工藤に興味を感じていなかった、と言えば嘘になるかもしれないけど。むしろ君がそのような疑問を持つことは、僕や斉藤の見た悪夢が工藤と決して無関係ではない、ということを認めることになると思うけど……」

孝夫の弁解じみた反撃に、由里子はますます語気を荒げて言った。

「あなたこそ私が言ったことを認めているじゃないの。もしもそのことがなかったら、工藤さんとあなたは……」

「仮定の話をいくらしても、いまさらどうしょうもないじゃないか。現実にこうなってしまっているんだし。僕が今愛しているのは君なんだよ。このことは嘘ではなくて現実なんだ。僕は工藤のことはもう何とも思っていないよ。いや、それどころか工藤は恐ろしい女だ。どうか僕に力を貸して欲しい」

孝夫の哀願するような調子の言葉に由里子は沈黙した。が、ようやく俯いていた顔を挙げると、孝夫の眼をみつめて言った。

「わかった。あなたを信じる」

「そうか。ありがとう。僕はもう二度と工藤とは逢わないつもりだ。工藤とは一刻も早く縁を切るということを君に約束するよ。君にも僕が早く工藤と別れるための方法を一緒に考えて欲しいんだ」

孝夫の言葉に由里子はしばらく考え込んでいる様子であったが、ふと思い出したように質問した。

「工藤さんの家族は？」

「工藤は一人っ子なんだ。家族は両親との三人家族だが、両親は普段家を空けていて、工藤とはまったく会話もしないらしい。工藤の日常の身の回りの世話は、若いお手伝いさんが一人ですべてやっているようだ」

「すると工藤さんはあの広いお屋敷に、お手伝いさんと二人きりで暮らしているの？」

由里子は緋美子の家の噂を小耳に挟んで、その広さを知っているようであった。あるいは由里子は、緋美子の家を見たことがあるのかもしれなかった。

「事実上そうなるだろう。両親はほとんど家を空けているようだからね」

孝夫の言葉を聞いた由里子は絶句した。孝夫にそう言われてみて、改めて由里子は謎めいた美しさを漂わせながらも、どこか暗い影を宿しているような緋美子の表情を思い泛べた。いずれにしろ普段の緋美子は、家族の愛情にはほとんど接していないと思われた。そのようなことは平凡なサラリーマン家庭に育った由里子には、想像もできないことであった。

「一度工藤さんの家族の方とお逢いしてみたら？」

「家族に逢うといっても、僕は一度も工藤の両親に逢ったことがないんだよ」

「だから一度お逢いして相談してみるのよ」

由里子の提案に孝夫は考え込んでしまった。緋美子の両親に相談するといっても、そのことを緋美子には秘密にしなければならず、またどうやって両親に連絡をとればいいだろう。孝夫がそんなことを考えていると、由里子が言った。

「工藤さんのお父さんに、手紙を出してみましょうよ」

孝夫は由里子のその考えに同意した。孝夫は緋美子の家の表札に書かれていた、緋美子の父親の「謙太郎」という名前を覚えていた。また謙太郎がいくら仕事でいつも東京へ出掛けているといっても、まったく自宅に戻らないということはないと思われた。

孝夫は由里子と相談しながら、次のような手紙を書いた。

「前略

突然お便りする失礼をお許しください。僕はあなたのお嬢さんの緋美子さんの通っている学校のクラスメートで、川上という者です。早速ですが緋美子さんのことについて、お父さんにお逢いしてぜひご相談したいことがあります。一度僕と逢っていただけませんか？　ご相談の内容につきましては、お父さんにお逢いしたときにお話をしたいと思います。ちなみに僕は、緋美子さんのご招待でお宅へも何度かお伺いをし、緋美子さんとは、特別親しくさせていただいている者です。お忙しいところ大変申しわけありませんが、なにとぞお願いいたします。

追伸
この手紙のことは、緋美子さんにはどうか秘密に願います。封筒に記入した名前は匿名で、僕の本名は川上孝夫と申します。よろしくお願いいたします」

孝夫は工藤謙太郎への手紙を書き終えると同時に、由里子の家を辞した。時刻は午後八時を回っていた。帰る道すがら孝夫は、地下鉄の駅近くのポストに書き終えたばかりの手紙を投函した。

十二

孝夫はその週は予定通り、水曜と金曜に由里子の家へ行って勉強した。学校でひたすら沈黙を守っている緋美子が不気味でもあったが、幸い緋美子との関係を秘密にするという約束があったために、孝夫は学校では何事もないかのように振舞うことができた。

しかし、由里子と一緒に勉強しているということを、もし緋美子が知った時のことを思うと、孝夫は気が気ではなかった。あるいは今度の日曜に孝夫が緋美子の家を訪問しなかったら、緋美子は再び悪夢で孝夫に復讐してくるに違いなかった。孝夫は一刻も早く緋美子の父親に逢い、対策を相談しなければならないと思った。

土曜の午後、孝夫は由里子の家にいた。孝夫は緋美子の影におびえながらも、由里子との勉強は思いのほか順調に進んでいた。

由里子はまるで孝夫の家庭教師のようであった。孝夫が学習を進めていく中で、不明なところや疑問に思った点などを由里子に質問すると、由里子は速やかに孝夫の納得するまで根気よく説明した。孝夫は優秀な家庭教師を無料で手に入れたが、ただこの家庭教師の唯一の欠点は、若く美しいために時として雑念が入る恐れがあるということであった。

二人は表面は順調に勉強を続けていながらも、互いの意識の底に緋美子のことが引っ掛かっていた。二人はこのことを決して口にはしなかったが、却ってそのことがそれを意識している証拠のように思われた。が、とりあえず今は、緋美子の父からの手紙の返事を待とうと思っていた。


その翌日の日曜日、孝夫は朝ベッドの上で目覚めてからずっと、緋美子に電話をする必要を感じていた。が、それをすることは孝夫にとり、あたかも清水《きよみず》の舞台から飛び降りるような決断力を要することであった。そのためようやく十時を過ぎたころになって、意を決して緋美子へ電話をした。

孝夫は緋美子へ電話をし、今日は急用のために訪問できないということを伝えると、緋美子は意外にもあっさりとこれを了承した。そして来週はきっと来てくれるようにと念を押した。孝夫はもちろん来週も緋美子の家へ行くつもりはなかったが、とりあえず今週を切り抜けるために、来週は必ず行くという約束をした。

その日は建次が孝夫の家へ訪ねて来る予定であった。孝夫が純子に建次の話をすると、純子も家へ二、三度来たことのある建次の記憶があるようであった。孝夫が

「建次が訪ねて来たら、お前も部屋へ来なさい」

と純子に言うと、純子は何も言わずに笑っているだけであった。

その日の昼食のとき、父親の敏雄が孝夫に言った。

「孝夫、お前バンドやめたんだってな」

「ああ、やめたよ」

孝夫が気のない返事をすると、敏雄が続けて言った。

「バンドをやめたのはいいが、女の子とつきあってるんだって?」

孝夫がそれには答えずに沈黙していると、敏雄はなおも言った。

「お前はいったい何を考えてるんだ。せっかくバンドをやめても、女の子と遊んでいたら何にもならないじゃないか。大学受験というのはそんな甘いもんじゃないだろう」

すると母親の美枝子が孝夫に助け船を出した。

「あなた、由里子さんは勉強がよくできるので、孝夫は勉強を教わっているの。孝夫だけではなくて、純子も勉強を教わったことがあるのよ」

「何も女の子に勉強を教わることはないだろう。勉強は一人で毎日、倦《う》まず弛《たゆ》まず地道にやるもんだよ。だいたい女の子に勉強を教わるなんて言っても、ほんとうに勉強に集中しているのかどうか怪しいもんだ。他のことを考えているんじゃないのか?」

「あなた、そう言ってしまっては身も蓋もありませんよ。由里子さんに限って決してそんなことはありません。孝夫の家庭教師のようになって大変お世話になっているの。お互いに宿題を出し合ったりして、それを励みにしているということもあるらしいのよ」

「由里子さんとやらにその気がなくても、孝夫のほうに雑念が入るだろう。とにかく雑念を入れずに、勉強に集中するということが大事だ。家へ勉強をしに来ているというのであれば、まさか来るなとも言えまいが、外でふらふらと遊び歩くというのは駄目だ。女の子とつきあうなんぞは、社会に出て一人前になってからだ」

美枝子がしきりに孝夫の肩を持ってくれたが、頑固な敏雄は聞く耳を持たないようだった。

孝夫はそのあとひとことも口をきかずに二階の自室へ戻った。

孝夫が二階の自室のベッドの上で寝転んでいると、純子が部屋に入って来て言った。

「お兄ちゃん、建次さんて何時ごろ来るの？」

「三時ごろだよ」

「建次さんて、お兄ちゃんのバンドのギターの人だよね？」

「そうだよ。お前はギタリストが好きなんだろう？　建次はギターが上手いぞ」

「……」

「建次もお前のことが好きだってさ。お前は美少女だそうだ」

孝夫がそう言って純子を揶揄すると、純子は顔を真っ赤にして逃げて行った。


建次は予定通り、午後三時ころ孝夫の家を訪れた。二人が二階の孝夫の部屋でその後のバンドの話などをしていると、純子がお茶と和菓子を盆に載せて運んで来た。その途端に建次は、うろたえたような様子を見せて無口になった。

「いらっしゃい」

と言って純子は部屋に姿を現すと、湯呑み茶碗と和菓子の皿をテーブルの上に置いて、そのまま部屋から出て行こうとした。それを見た孝夫が言った。

「純子、ここへ来て座りなさい」

「なあに？」

と純子は振り返って一旦帰りかけた足を止め、孝夫と建次の前に脚を揃えて正座した。純子はピンクのミニスカートと白のタートルネックのセーターという服装で、スカートから覗いた膝小僧が白桃《しろもも》のようであった。

「実は建次がバンドのメンバーを探しているんだよ。由里子と俺が脱退したので、メンバーが足りないんだ。由里子の後任にやる気はないか？」

「由里子さんの後任というと、キーボードね？」

「そうだ。お前はエレクトーンができるから大丈夫だ。やってみる気はないか？」

孝夫の勧《すす》めに、純子は少し考える様子をしてから言った。

「でも私にできるかなあ？　ロックをやるんでしょ？　来年は高校受験もあるし。こう見えても結構忙しいの」

「何だったらヴォーカルでもいいぞ。な、建次」

「キーボードでもヴォーカルでも、純子ちゃんなら何でもいいよ。純子ちゃんに合う歌はどんな歌かなあ？」

と建次が言うと、純子は恥ずかしそうにして俯いたが、すぐに顔を挙げて言った。

「ごめんなさい。私、バンドはできない。由里子さんの後任なんかとても無理だよ。時間もないし」

「もし女の子が一人で淋しいようだったら、誰かもう一人ぐらい友達を誘ってもいいよ」

孝夫がそう言ってなおも純子をバンドに誘うと、純子が言った。

「バンドに入るような友達なんていないよ」

「そうか。それは残念だな。じゃ、建次とデートするというのはどうかな？」

孝夫がおどけた口調でそう純子を揶揄すると、純子はすぐに立ち上がり、逃げるようにして部屋を出て行った。それを見ていた建次がぽつりと言った。

「やっぱり可愛いなあ」

それを聞いた孝夫が、大声で笑ったあとに言った。

「どうやらバンドのほうは無理みたいだが、あれは十分脈があるよ。建次、あとはお前の腕次第だ。せいぜい頑張るんだな」


孝夫は悪夢に悩まされることもなく、それからの一週間を平穏に過ごしていた。その週は由里子が孝夫の家へ勉強に来る週であった。それは金曜のことであった。いつものように孝夫の家へ勉強に来ている由里子に、孝夫は一通の手紙を示した。その手紙は待望の緋美子の父の謙太郎からの返事であった。

その手紙には、次のように記されていた。

「承知しました。もし君の都合がよければ、今度の日曜の午後にでも逢いましょう。諾否《だくひ》を左記へ連絡してください」

その手紙には待ち合わせ時刻と、待ち合わせ場所であるK市市内の喫茶店の店名と付近の略図、および連絡先の電話番号が併記《へいき》されていた。その電話番号はもちろん、孝夫の知っている緋美子の自宅の電話番号とは異なる番号であった。

二人はそれに応ずることにし、早速その場で孝夫が手紙に記されている電話番号に電話した。すると若い女が電話に出て、謙太郎は留守にしているということを伝えた。そのため孝夫は電話に出たその女に、日曜の件を了承し、当方はガールフレンドと二人で行く旨の伝言を依頼した。

日曜の朝になり、孝夫は再び緋美子に電話をした。孝夫が急用で緋美子の家を訪問できなくなった旨を伝えると、緋美子は無言で電話を切った。緋美子の落胆と怒りが電話を通して伝わってくるようであった。孝夫は冷や汗が流れる思いがしたが、孝夫はこのことはいつかは避けられない試練であると、自分を無理にでも納得させることにした。

午後二時半になると、孝夫は謙太郎に逢いに行くために家を出た。謙太郎と待ち合わせた時刻は午後三時半で、途中由里子の最寄りの駅で一旦下車し、駅前で由里子が来るのを待った。

由里子は約束の時間に姿を現し、二人は地下鉄へ乗車した。日曜の昼下がりの地下鉄は、家族連れやカップルなどで込み合っていた。

列車が目的の駅へ着き、二人がホームへ出て改札口へと向かうエスカレーターに乗っているとき、由里子が前に立っている孝夫の背中を指で突いて振り返らせ、話しかけてきた。

「工藤さんのお父さんってどんな人かしら?」

「僕も逢ったことがないから、どんな人なのかまったく見当がつかないよ。建設会社の社長をしているらしいが」

「何か目印はあるの?」

「特にそれは決めてないけど、こちらは君と二人で行くということを伝えたから、すぐにわかると思うよ」

「どんな人かな。優しい人だといいけど」

「ここまで来てしまったら、もうあとは運を天に任せるしかないさ」

暦はすでに十一月に入っていた。二人は日一日と深まりゆく秋の、街路樹の楓《かえで》の葉が色づき始めた舗道を並んで歩いた。歩き始めるとすぐに由里子が、その細い腕を孝夫の腕にそっと絡ませてきた。孝夫は恋人同士の気分というものに、初めてのとき触れたような気がした。

二人はカップルを気取って歩いているうちに、いつしか謙太郎と待ち合わせた喫茶店の前に来ていた。

広い喫茶店の店内はやや込み合っていた。二人が店内の入口で中を見回していると、すぐにスーツ姿の一人の中年の男が、二人を認めて席から立ち上がった。二人が真っ直ぐ男の前まで歩いて行くと、長身で口髭を生やしたその男は、孝夫の顔を見て低い声で言った。

「川上くんかな?」

「工藤さんですか?」

と孝夫が返答し、二人は男が頷くのを確認した。二人はそれぞれ自己紹介し、男の前の席へ腰を下ろした。二人が席へ腰掛てすぐにウエイトレスがオーダーを取りに来て、由里子はクリームソーダ、孝夫はコーヒーをオーダーした。

二人の目前に腰掛けた緋美子の父の工藤謙太郎は、四十をいくつか越えたと思われる年恰好《としかっこう》の、目の鋭い精悍《せいかん》な風貌の男で、細身の身体に高級そうなスーツを着こなし、人を威圧するような雰囲気を漂わせていた。

孝夫が謙太郎を前にして話し始める言葉を探していると、謙太郎が有無を言わさぬ口調で切り出した。

「まず最初に君たちに断っておきたいが、今日この場で話したことは、一切他言なきように」

「わかりました。それは僕たちのほうからも、あなたにお願いしようと思っていました。今日僕たちがあなたにお逢いしたということを、どうか緋美子さんには、秘密にしていただきたいと思います」

と孝夫は言うと、一呼吸置いてから続けた。

「実はお話と言いますのは、最近僕は幸運にも、あなたのお嬢さんの緋美子さんとお友達になることができました。それでご自宅へも何度か招かれまして、お伺いをしました。そして僕は緋美子さんに大変心のこもったおもてなしを受けました。しかし、これは大変言いにくいことなんですが、緋美子さんにはちょっと異常なところがあるように思います」

孝夫にいきなり一人娘のことを異常と言われ、謙太郎の表情が険しくなった。謙太郎は孝夫の顔を睨《にら》み付けるようにして言った。

「君は初対面の私に対し、いきなり娘のことを異常者呼ばわりするのかね？」

「緋美子さんは非常に美しくて聡明な、まったく非の打ち所のない完璧な女性なのですが、僕のような凡人には、ちょっとついて行けないところがあるのです。実を言いますと、僕は最近恐ろしい悪夢に悩まされることがありまして、こんなことを言ってもすぐには信じていただけないとは思いますが、僕には緋美子さんと僕の見る悪夢が、密接に関係しているように思えるのです」

孝夫はそう断ってから、今まで見た悪夢を覚えている限り謙太郎に説明した。それを無言で聞いていた謙太郎が言った。

「君がほんとうにそんな夢を見たと言うならば、私も確かにそれは奇妙な夢だとは思うが、なぜその夢と緋美子が関係していると思うんだね？」

謙太郎のその当然の疑問に対し、孝夫は勢い込んで言った。

「それはなぜかと言いますと、僕と緋美子さんとの関係が良好なときには、天国にいるような素晴らしい安らぎの夢を見て、僕と緋美子さんとの関係が悪化しているときには、今言ったような悪夢を見るからです。ただし誤解のないように言っておきますと、僕と緋美子さんとの関係が悪化しているときというのは、僕が緋美子さんとの約束を破ってご自宅を訪問せずに、緋美子さんのご機嫌を損《そこ》ねたようなときです。

僕の見る夢の内容が、その時の僕と緋美子さんとの関係にぴったり一致しています。悪夢のときには緋美子さんは出て来ませんが、安らぎの夢のときには実際に緋美子さんが出て来るんです。僕には緋美子さんに、他人の夢を自由自在にコントロールする力があり、僕に対して実際にそうしているとしか思えないんです」

謙太郎は孝夫のその話を聞き、軽蔑するように孝夫の顔を見た。そして口辺を微かに歪《ゆが》めるような微笑を泛べて言った。

「君の話こそまったく異常な話と言わざるをえない。君は夢を見ていたんじゃないのかね？

と言いたいところだが、まさしく夢の話なんだから何をか言わんやだ。そんな根も葉もない言いがかりで私の自慢の娘を異常者呼ばわりするとは言語道断だ」

「ちょっと待ってください。そう決め付けないでください。悪夢を見ていたのは孝夫くんだけではなくて、実はもう一人いたんです」

今まで沈黙を守っていた由里子が、そう言って孝夫を援護した。

「夢を見ていた者が何人いようとも、そんなことは到底信じられるようなことではないだろう」

「実は……。そのもう一人の悪夢に悩まされていたクラスメートの男子生徒は、その悪夢のためにノイローゼになり、ついに先日自殺してしまったのです」

由里子が真剣な表情でそう言うと、謙太郎はいささかうんざりしたような様子を見せた。

「これは驚いた。自殺した生徒がいるかどうか知らないが、それも夢のせいだとはね。まったく君たちは何を言い出すことやら。私は忙しいんだ。そんな話にこれ以上つきあってはいられないよ」

「ちょっと待ってください。あなたは忙しいと言いますが、あなたはいったい緋美子さんのことをどれほど知っていて、緋美子さんに対してどれほど関心を持っていますか。あなたはいつも家を留守にしていて、緋美子さんのことをずっとほったらかしにしていますね。緋美子さんのことを可愛いと思うならば、もっと緋美子さんに対して注意を払ってください」

孝夫の激しい口調に、謙太郎は意表を衝かれたように沈黙した。そんな謙太郎に孝夫はさらに言った。

「季美枝さんにすべてを押し付け、あなたは緋美子さんから逃げているじゃないですか。お母さんもいつも留守にしているようだし、少しは緋美子さんの気持ちも考えてあげてください。まったく家族の交流がない家庭で、緋美子さんはよく耐えています。お金ですべてを解決できませんよ」

「君たちの言いたいことはそれだけかね？　私はもう帰るよ。他人の家庭のことに余計な口を挟まないでもらいたいね。まったく失礼なことを言うものだ」

謙太郎は努めて感情を抑えるようにそう言うと、立ち上がって帰ろうとした。孝夫はここで謙太郎に帰られてしまっては、今日謙太郎に逢ったことが何にもならないと思い、謙太郎を詰問するような口調で念を押した。

「あなたは緋美子さんがどうなってもいいんですか？　緋美子さんはこのままでは、取り返しのつかないことになりますよ」

一旦帰りかけて立ち上がった謙太郎は、孝夫のその言葉を聞くと迷惑そうに孝夫の顔を振り返り、再び椅子へ腰掛けて言った。

「君は緋美子がどうなると言うんだ？　いったい私にどうせよと言うんだね？」

「緋美子さんが明るい普通の女子高生になるために、あなたも協力してください。そのためにはまずあなたとお母さんが、できるだけ緋美子さんとコミュニケーションを取るようにしてください」

孝夫のその言葉に、謙太郎は少し考え込むような様子をすると、思い直したように口を開いた。

「悪夢の話はともかくとして、どうやら君たちは真剣なようだね。実は私も緋美子については気になっていたんだ。しかし、私は仕事が忙しく、緋美子とのコミュニケーションの時間を今までほとんど取ることができなかった。それでつい緋美子のことは季美枝に任せきりにしてしまっていた。季美枝には緋美子の言うことをよく聞き、緋美子に不自由な思いをさせないようにと、よく言っておいたんだが。どうやらそのことが却ってよくなかったようだ。緋美子は淋しかったということもあるだろうが、わがままな娘に育ってしまったんだ」

「緋美子さんのお母さんはどうしたんですか？　家にはいつもおみえにならないようですが」

由里子がそう尋ねると、謙太郎は一瞬戸惑ったような表情を見せて沈黙した。が、ややあって低く落ち着いた声で話し始めた。

「私は緋美子の母親の郁子と、もう一年以上も前に離婚したんだよ。緋美子は私の浮気が離婚の原因だと思っているようだが、実はそうではない。浮気をしたのは郁子のほうなんだ。郁子は緋美子の家庭教師の大学生の男と浮気し、私にそのことを知られると離婚を申し出た。私は私が一人娘の緋美子を引き取ること、緋美子と郁子がもう二度と逢わないということを条件に郁子と離婚した。

緋美子にはこの間の事情をまったく知らせていない。緋美子が大変なショックを受けると思ってね。私はその半年後に再婚したが、その再婚相手が私の会社の二十代のＯＬだったため、緋美子は私の離婚の原因が、私とその若いＯＬとの浮気だったと思っているんだ。しかし、私は強いて緋美子の誤解を解こうとは思わなかった。私が悪者になるならそれでいいと思ったんだ。

だが今考えてみると、これは却って緋美子にとってよくなかったかもしれない。緋美子は母親とも逢えず、ますます私を憎んでいるようだからね。緋美子は再婚した私の妻とも折り合いが悪く、妻は現在あの家に住んでいない。それらのことがあって、私をますますあの家から遠ざけているんだよ」

謙太郎の話を聞いた孝夫は、あの家の異常な状況がいくぶん理解できたような気がした。緋美子は言わば、大人たちに運命を翻弄された薄幸《はっこう》の美少女であった。孝夫が緋美子に対する同情の気持ちを禁じえないでいると、由里子が提案した。

「緋美子さんがお母さんと逢うことを、もう許してあげたらどうでしょう?」

「私も離婚当時はとてもそのことを許すことなどできなかったが、今はもう緋美子にすべてを話したうえで、そのことを許してもいいと思っているんだ。しかし、郁子は離婚当時は、浮気相手の若い男と一緒に住んでいたようなんだが、今はどこに誰と住んでいるのか、私も行方《ゆくえ》を知らされていないんだよ」

「季美枝さんという人はどういう人なんですか? あの人も謎めいた人のようなんですが」

孝夫のその質問に、謙太郎が答えた。

「季美枝という娘は、私の父の代から私の家に住み込んでいた奉公人夫婦の娘なんだよ。季美枝も幸せ薄い娘で、子供のころ母親に死に別れ、高校生になって父親とも死に別れた。季美枝には実の弟が一人いるんだが、私は病気の季美枝の父親に、季美枝たち姉弟の面倒をみることを約束した。だが季美枝と三つ違いの弟は、その後親類の希望で親類に引き取られて行った。しかし、季美枝は親類の許へは行かずに、メイドになって私の家に残ることにしたんだ。緋美子とも仲が良さそうだったしね」

「ですが、あの広い家に若い女が二人だけで住むことは、無用心で淋しくはないでしょうか?」

「私だってもちろん不安に思うこともある。私は最低でも週に一度は、あの家に泊ることにしているんだが。男のメイドを雇うことも考えたんだが、緋美子が要らないと言うんだ。もっとも若い女二人と男が一緒に住むことは、そちらのほうがより危険かもしれないからね。私から君たちにお願いしたいんだが、緋美子の友人になって親しくつきあってくれないかな？　緋美子も君たちのような同世代の友人とつきあうことで、少しでも家庭の淋しさを忘れられると思うんだよ。父親の責任を君たちに押し付けるわけじゃないんだが」

「それはもちろん僕たちもできればそうしたいんですけど、最初に言いましたように、緋美子さんはちょっと異常なところがあるようなので僕は怖いんです」

「異常なところ？　例えばどんな？」

「それはちょっと言いにくいことなんですが、鶏の生き血を飲んだり、何か怪しげな呪文を唱えて、お祈りをするようなところです」

　孝夫のその言葉に、謙太郎は無表情に沈黙していた。が、孝夫には、謙太郎がその話に無関心を装いながらも、内心かなり動揺しているように感じられた。その動揺を吹き払うように謙太郎が言った。

「緋美子がたとえ鶏の生き血を飲んだとしても、鶏の生き血は古来から肝臓や腎臓の薬として、あるいは強壮剤として使用されてきた歴史がある。緋美子は貧血気味のうえに虚弱体質なので、健康のためにそれを飲むということも十分にありうる。何も君たちが恐れることはないよ。怪しげな呪文を唱えてお祈りをするということも、緋美子の単なる遊びだよ。私の家はカトリックなので、そのお祈りを真似て遊んでいるのだろう」

謙太郎がそう言って笑ったので、孝夫はもっと決定的と思われることを言った。

「緋美子さんは僕の手の指を剃刀で切って、僕の血も飲んだんですけど……」

孝夫のその言葉には、流石《さすが》の謙太郎も動揺を隠せない様子だった。謙太郎は落ち着かない態度で脚を組み直したり、額に手を当てて眼を閉じ、考え込むような所作《しょさ》をしていた。が、やがてその場を取り繕うように笑いながら言った。

「まさか緋美子がそんなことをするとは思えないが、もしやったとしても、それはあくまでも緋美子の遊びの域を出るものではないよ。年ごろの娘は非常に好奇心が旺盛なので、往々《おうおう》にしてそんなことをして、大人を困らせようとするときがあるんだ」

と謙太郎は目の前に腰掛けている由里子の顔を、薄笑いを泛べて揶揄するように見た。由里子は謙太郎のその表情に、中年男の一方的な思い込みのいやらしさを感じた。

「とにかくお父さんにはできるだけ頻繁《ひんぱん》に家へ帰っていただいて、緋美子さんとコミュニケーションを取るようにお願いします。僕が見た悪夢のことについても、お父さんにもし思い当たるようなことがあれば、ぜひ原因を究明して対策を考えていただきたいと思います。それと緋美子さんのお母さんの行方を探すということはできないのですか？」

孝夫のその言葉を聞き、謙太郎は苦笑していた。その苦笑は一介の高校生に会社経営者の自分が諭《さと》されているという自嘲《じちょう》でもあり、お前ごときに何がわかるという嘲笑《ちょうしょう》であったのかもしれなかった。

「郁子は私なりに心当たりを探してみたんだが、さっぱり足取りを掴めなかったんだよ。私も今では緋美子のために母親は必要だと考えているんだが。ただ郁子と緋美子を逢わせるとすると、私の名誉のためにも、浮気をしたのは郁子のほうだということを緋美子に話さねばならない。しかも自分の家庭教師とね。そのことも緋美子にとっては少なからずショックだと思うが。そのような母親と緋美子がよい関係でいることができるかどうか、ということもあるんだ」

「そのことはお父さんにお任せするよりありません。私たちも緋美子さんと友人になるようにやってみます」

由里子がそう言うと、謙太郎が言いわけがましく言った。

「もし今日このあと私に用事がなければ、君たちを私の家へ招待したかったんだが」

二人は謙太郎に礼を述べて席を立った。喫茶店から出た謙太郎は、

「どうか緋美子の大切な友人になってやって欲しい」

と言うと、車でいずこへともなく走り去った。

二人は黄昏《たそがれ》が迫り始めた街の舗道を、地下鉄の駅へ向かって歩き出した。時刻は午後五時を

回ったころで、街並《まちなみ》の向こうに大きく傾いた太陽が沈みかけていた。そのとき、由里子が歩きながらふと洩らした。

「あなた、緋美子さんに血を飲まれたというのはほんとうなの？」

「あ、いや、少しだけどね」

孝夫は慌ててそう弁解したが、由里子はそれっきり不機嫌そうに沈黙してしまった。


巨大な怪鳥が上空を飛び交っていた。怪鳥は蛇のような鱗に蔽われた胴体、長い鋼鉄のような嘴《くちばし》、獰猛に光る眼、鷲《わし》のように鋭い爪、蝙蝠のような翼を持ち、大空をわがもの顔に飛び廻り、また地上の砂漠の上を徘徊《はいかい》していた。地上では無数の罪人が悲鳴を上げながら逃げ惑っていた。怪鳥は羽音《はおと》も高く凄まじいスピードで空中を飛び、あるいは急降下と急上昇を繰り返していた。

突然一羽の怪鳥が
「ギェー」

という金属的な叫びを発して急降下して来たかと思うと、地上の罪人を両足の鋭い爪で捕え、再び猛スピードで急上昇した。

罪人を捕えた怪鳥はぐんぐん上空を舞い上がり、やがて米粒のように小さくなって視界から消えるほどに上昇すると、その鋭い爪で捕えていた罪人を放した。解放された罪人は空中を落下してきて、地上の砂漠の砂の上に、身体をしたたかに打ち付けた。

全身の打撲で身動きできなくなった罪人は、身体に鋭い爪を立てられて皮膚が裂けて血が噴き出し、瀕死《ひんし》の状態となっていた。そこをさらに地上を徘徊している怪鳥に、鋭い嘴で一瞬のうちに眼球を抉《えぐ》り取られて喰われていた。

地の果てまで続くと思われるような荒涼たる砂漠は、怪鳥の不気味な恐ろしい姿とけたたましい奇声、逃げ惑う罪人と眼を抉り取られた死体で溢れ返っていた。

標的にされた罪人が瞬時に怪鳥に捕えられて空中に連れ去られ、地上に落とされて眼球を喰われる、ということがただ果てしもなく繰り返されていた……。


黒い大蛇が地上を徘徊していた。大蛇は爛々と光る眼を見開き、白い腹を見せて身体をくねらせ、時折炎のような赤い舌をちらつかせながら、地面の上を進んでいた。

数匹の大蛇の行く手には、多数の罪人が喉の奥から悲鳴を迸《ほとばし》らせながら走っていた。大蛇は蛇とは思えぬような猛スピードで地上を這《は》いながら罪人を急追していたが、ついに先頭の大蛇が最後尾の罪人の背後わずか数メートルに迫ったと見えたとき、いきなり大蛇が空中をジャンプして罪人の頭に喰らい付いた。

大蛇に頭を喰らい付かれた罪人は、地面にもんどり打って倒れたが、顔面を血まみれにしながらも、手足をばたつかせてなおも大蛇から逃れようとしていた。

しかし、罪人は強靱《きょうじん》な大蛇の顎《あご》の力と剣のような鋭い歯から逃れることができず、ついに手足の動きを停止させてぐったりとなってしまった。罪人は大蛇に頭蓋骨《ずがいこつ》を噛み砕かれながら、大蛇の巨大な口の中へ次第に身体を飲み込まれていった。

なおも貪欲《どんよく》で凶悪な大蛇は、罪人の骨を砕きながら罪人の身体を次第に飲み込んでいき、ついに罪人の全身が大蛇の体内に完全に没し去るまでは、わずかに数分を要したと思われる程度であった。

執拗に追う大蛇と命がけで逃げる罪人、それはまるで大地を一陣の疾風が駈け抜けていくようであったが、奇態なことは罪人の身体を飲み込んで空腹を満たしたはずの大蛇も、罪人の身体を飲み終えると瞬時に再び狂乱の暴風となり、罪人の追撃を再開していることであった。さらにもうひとつ不思議なことは、大蛇にいくら飲み込まれても、一向に罪人の数が減った様子がなかったことである。

いったいこの貪婪《どんらん》な大蛇は、何人の罪人の身体を飲み込めば満腹するというのか。この大蛇と罪人のいつ果てるともない追跡劇は、果して幕が引かれるということがあるのか……。

全身の毛が真っ黒な巨大な犬が、大地を翔ぶように疾走していた。犬は周囲の岩山の陰から吸い寄せられるように、罪人たちのいる荒野に集って来た。犬の眼の結膜《けつまく》の色は澱んだような黄色、中心の虹彩《こうさい》の色は燃えるような赤で、凶暴な光を宿して炯々《けいけい》と輝いていた。また犬は大きく裂けた口の両端から、絶え間なく真っ赤な炎を吐き出していた。

犬の姿に恐怖を感じた罪人たちは、たちまち混乱して逃げ惑っていたが、すぐに四方から包囲されると、ただその場で右往左往するばかりであった。そのため難なく凶暴な犬に噛みつかれ、全身を鋭い歯で切り裂かれていた。

犬は異様な呻き声を立てながら罪人の身体をガツガツ喰い散らし、周囲に罪人の骨格が破壊される音と犬の呻き声が響き、血の臭気が充満していた。

巨大な黒い犬は、罪人の頭、胸、腹、手足の見境なく喰い付き、皮膚を裂き、肉を喰らい、骨を噛み砕き、暴虐《ぼうぎゃく》の限りを尽くして、罪人の身体を完膚《かんぷ》なきまでに破壊した。犬に破壊された罪人の身体は、喰い散らされた内臓を散乱させてたちまち赤いぼろ雑巾のようになり、地上を埋め尽くした。

一人の罪人の身体を破壊し尽くした犬は、いよいよ凶悪となって全身に新たな力を漲《みなぎ》らせ、他の罪人に襲い掛かっていった。荒れ狂う犬は次第にその数を増やしていき、罪人はなす術《すべ》もなく犬の餌食《えじき》となっていった。こうして無数の無力な罪人は、わずか数十頭の犬のために、ことごとく蹂躙《じゅうりん》され尽くした。

やがて一頭の犬が、罪人の死骸が折り重なった上で血ぶるいをし、勝ち誇ったように首を天に向けて一声高く、

「ウォーン」

という遠吠《とおぼ》えを発したと思うと、他の犬もこれに倣《なら》って呼応するように次々と遠吠えを始めた。罪人の死骸が散乱する凄惨を極めた荒野に、犬の遠吠えが一木一草とてない周囲の岩山に谺《こだま》となって響き渡り、生き残った罪人たちは、身の毛もよだつ思いでこの声を聞いた。

しかし、孝夫はこの直後に一頭の犬が猛然と自分のほうへ疾走して来るのを見た。その犬は見る間に孝夫のすぐ側まで迫って来ると、空中をジャンプし、孝夫がとっさに頭を防御するために差し出した左の腕に噛みついた。その瞬間に孝夫は、左腕に鋭い痛みを感じたような気がした……。

十三

翌朝目覚めた孝夫は、全身がぐったりと疲れ、しばらくベッドの上から起き上がることができずにいた。

悪夢を見せられることは予想していたこととはいえ、昨夜の夢は格別リアルで真に迫ったものであった。孝夫はもはや一刻の猶予《ゆうよ》もならないと思った。このような悪夢を毎夜のように見せられていたら、ノイローゼどころか、発狂してしまうかもしれなかった。

その日の授業を孝夫は上の空で過ごした。時折それとなく緋美子の様子を窺うと、緋美子は心なしかいつもより明るく振舞っているように見えるだけではなく、孝夫のほうを見て微笑しているように感じられるときがあった。

その微笑はあくまで清楚で可憐な、いつもの緋美子の魅力を引き立てるものではあったが、孝夫はその緋美子の微笑にある別なことを感じていた。それは孝夫と由里子が緋美子の父親に逢って緋美子のことを相談したことも、昨夜の孝夫の悪夢のことも、現在の孝夫の心の裡も、すべてを見通した微笑であるのかもしれないという恐怖心であった。

その日の授業が終ると、孝夫は再び由里子にこのことを相談するために由里子の家を訪れた。孝夫は勉強を始める前に、昨夜見た孝夫の悪夢のことを由里子に話した。由里子は無言で孝夫の話を聞いていたが、孝夫が話し終えると、やや考えてから言った。

「今日これから工藤さんのお宅へお伺いして、工藤さんと直接対決しましょうよ。もうそれしか道はないと思う」

孝夫は緋美子と対決することにはやや不安を覚えたが、由里子の考えに同意せざるをえなかった。もはやこの期《ご》に及んで、孝夫には当たって砕けるしか道は残されていなかった。

孝夫はすぐに緋美子に電話をして、今から由里子と二人で緋美子の家を訪問し、緋美子にぜひ逢って話したいことがあるということを話すと、意外にも緋美子は上機嫌で快諾した。

孝夫と由里子は由里子の家を出た。時刻は午後五時半になろうとしていて、晩秋の日はすでに暮れかけて夜の闇が迫ろうとしていた。地下鉄への道を歩きながら、孝夫が由里子にきいた。

「お腹が空いていない？」

「少し空いちゃった」

由里子が笑いながらそう答えた。二人は地下鉄に乗る前に、駅の近くにある駄菓子屋に立ち寄ることにした。二人は駄菓子屋の奥の簡素なテーブルと椅子が置かれた部屋の一角で、牛乳を飲みながら孝夫は二個、由里子は一個のアンパンを頬張った。

駄菓子屋で腹ごしらえをした二人は駄菓子屋を出て駅まで歩き、地下鉄に乗車した。二人は地下鉄の中では、今夜の緋美子との対決にあれこれ思いを巡らせてのことか、ずっと無言だった。

孝夫は緋美子と直接対決する不安と闘《たたか》いながらも、由里子まで巻き込んでしまったからには、今夜こそあの取り澄まして聖女のように振舞っている、緋美子の化けの皮をはがしてやらねばならないと思った。

十五分ほどで地下鉄が緋美子の家の最寄りの駅に着いた。二人が夕刻のラッシュアワーで混雑する駅の外へ出ると、すっかり暮れた街の舗道を通行人が忙しそうに歩いていた。秋の夜風の冷気がひんやりと感じられ、由里子が寒そうに肩をすくめた。

孝夫が歩きながら由里子の手をそっと取ると、由里子は孝夫の顔を見て恥ずかしそうに微笑したが、孝夫は由里子の手の柔らかな薄さと冷たさに、胸の奥から愛おしさが込み上げてきた。

二人は緋美子の家の門前へ来ていた。孝夫が門灯の淡い光の中に浮かび上がった鉄格子の門扉を開けた。緋美子の家は夜の闇の中で風に枝を揺らしている楡の木立《こだち》の向こうに、ほのかな壁の白さを見せてひっそりと建っていた。

二階の緋美子の部屋の一室に照明が灯っていて、窓のカーテンが白く光っていた。他の部屋の照明はすべて消されていて、不気味に静まり返っていた。

二人は薄暗い庭の石畳を歩いて玄関の前まで来た。孝夫が玄関のチャイムを鳴らすと、中からは応答がなかった。少し待ってからもう一度鳴らしてみると、ようやくインターホンから

「はい」

という声がした。声の主は緋美子だった。孝夫が

「川上です」

と言うと、インターホンから
「ちょっと待って」

という声がして、ほどなくドアが開いて緋美子が姿を現した。

孝夫は緋美子の大胆な服装にはもう慣れているはずであったが、それでも突然目の前に現れた緋美子の姿に言葉を奪われた。もちろん初めての由里子は、眼を丸くして驚いていた。

緋美子は身体にぴったりフィットした紫色のイヴニングドレスを着ていたが、それには光沢のあるなめらかな生地に、銀色の微細《びさい》なストライプが織り込まれていて、光線の当たる角度によって華麗に輝いていた。

そのドレスのデザインは大胆というも愚かなほどのもので、背中が大きく尾骨《びこつ》のあたりまで切れ込んでいて、ショーツが見えないのが不思議なほどであった。両サイドには腰の近くまで長いスリットが入っていて、胸の側面はドレスで隠し切れていないまろやかな隆起の一部がほの見え、ブラジャーを付けていないことは一目瞭然であった。

足許は細くて高い踵《かかと》の紫色のハイヒールを履き、開いた胸元には紫色に妖しく輝くアメジストのネックレスをしていた。そして肩を優に越える長さの漆黒の髪を、紫色のリボンで結んでいた。

もちろん緋美子の化粧を施した顔の美しさについては、いまさら改めて言うに及ばなかった。

さらにはぴっちりと身体に張りついたドレスが、緋美子の胸の適度な隆起やウエストの繊細さ、脹よかなヒップの丸味と、引き締まった均整のとれた身体を強調していた。

由里子は緋美子の服装のあまりの華麗さと身体の線の美しさに、しばし言葉を失って茫然とその場に立ち尽くしていた。

由里子とてもちろん美少女ではあったが、由里子のこの夜の服装は、膝丈《ひざたけ》のベージュのシンプルなスカートに、白のブラウスと紺のジャケットを合わせるという地味なものであった。身長も由里子のほうが緋美子よりやや高かったが、緋美子がハイヒールを履いているために、踵の低い黒の通学用のスリッポンを履いた由里子とそれほど変わることはなかった。

玄関先で茫然と突っ立っている二人を、緋美子は上機嫌で二階のいつもの部屋へ案内した。三人が入室して椅子へ腰掛けてからほどなく、季美枝がいつものように、ワゴンを押して部屋に入って来た。

ワゴンの上にはオードブルの皿と、ワインバスケットに入った赤ワインのボトルが載せられていた。季美枝がワインバスケットの中のワインのボトルの栓を開けるのを見て、緋美子が言った。

「今夜のワインはシャトー・デミライユです」

季美枝が緋美子のグラスにテイスティングのためのワインを少量注ぐと、緋美子はグラスの中の赤ワインを軽くスワーリングした。そして眼を細めて顔を心持ち挙げると、うっとりとした表情で鼻腔をワイングラスの上で緩やかに回転させ、ワインの香りを確かめた。続いて女らしく科《しな》を作り、ワインのテイスティングをした。

緋美子はテイスティングを終えると、孝夫と由里子の顔を交互に見て意味ありげに微笑した。そして季美枝が三人のワイングラスにワインを注ぐのを見ながら、再び言った。

「今夜は突然だったので、お料理をする余裕がありませんでした。今夜はありあわせのオードブルだけなの」

引き続き季美枝が、ローストビーフ、スパイシーチキン、スペアリブ、ムンスターチーズなどのオードブルの皿をテーブルの上に載せた。緋美子はそれを見ながら、悠然としてグラスの中のワインを美味そうに飲み干した。それを見た由里子が驚いたように言った。

「工藤さん、あなたはいつもワインを飲んでいるのですか?」

「あら、ワインなど別にどうということは。私は毎夜ワインを飲んでいますから、ほとんどお酒という気はしないのよ」

「ワインを飲んでから勉強を?」

「ええ、元気が出ていいのよ」

由里子の質問に、緋美子はこともなげにそう答えた。緋美子のその答はいよいよ由里子を驚かせるに足るものであった。そんな由里子に、緋美子はさらに追い討ちをかけるように言った。

「どうぞあなたもたっぷりと召し上がれ。ワインはお料理をする必要もありませんからね」


そのとき季美枝がテーブルに一通り料理を並べ終えると、部屋を出て行った。孝夫はそれを合図にしていたように、ワインに口も付けず思い詰めたような表情で言った。

「緋美子さん、どうかもう僕のことを許してください。確かに僕はあなたとの約束を破りましたが、そのことは十分に反省しています。今後はここにいる由里子ちゃんともども、あなたの良き友人として、あなたとずっとおつきあいしていきたいと思っています」

「まあ、いったい何のことかしら。許すとか、許さないとか……」

「しらばくれないでください。僕は悪夢が恐ろしくて……」

「まあ、ほんとに困った人ですね。私はあなたの悪夢などまったく知りませんよ」

「いい加減にしてください。僕は真剣なんです。このままでは僕は、斉藤のようにノイローゼになってしまう」

「斉藤くんですか。あの人もかわいそうな人だったわね。まだ高校生だったというのに」

緋美子のあくまでもひとごとのような言葉に、孝夫はついに怒りにかられて言った。

「君はまだそんなことを言ってるのか。斉藤が自殺したのはすべて君のせいだよ。斉藤は君が殺したといってもいいくらいだ。君は間接的な殺人者なんだ」

するとと緋美子は、いささかも慌てる様子もなく言った。

「あなたはまったく面白いことを仰るのね。たとえ私が原因で斉藤くんが自殺したとしても、そのことを証明できる人がいるとは思えませんし、誰もそんな話を信じないでしょう。たとえそれを証明できたとしても、そのことで私は罪になるのでしょうか？　自殺幇助《ほうじょ》でもありませんし、世間には自殺などいくらでもあります。自殺をしたということがはっきりしている以上、第三者がその原因をあれこれ詮索《せんさく》しても始まらないでしょう。自殺というものは、あくまでも本人の個人的な意思によってなされているのではないかしら？」

「犯罪になるとかならないとか、僕はそんな次元のことを言ってるんじゃないんだ。君にはまったく良心というものがないのか？　君のために男が一人自殺したんだよ。しかも故意に君に自殺させられたんだ。斉藤が君に何をしたか知らないが、少しは憐《あわ》れんでやったらどうなんだ。君はそうやってひたすら外見を飾っているが、内面はすっかり腐り切っているんだよ。君はその若さで、骨の髄まで腐り切った女なんだ」

孝夫の罵倒《ばとう》に、流石の緋美子も沈黙してしまっていた。緋美子は瞠目して孝夫の顔をみつめていたが、やがて怒りを静めるように無言のままワイングラスに口を付けた。緋美子は酔いと怒りのためか、目許をほんのり紅潮させていたが、孝夫は緋美子のその顔の妖艶な美しさに、背筋が凍るような恐怖を覚えた。

「随分《ずいぶん》な仰りようね。あなたの仰りたいことはそれだけなの？　あなたは一方的にそんなことを決め付けているけれど、私はほんとうに斉藤くんのことも、あなたの悪夢のことも何も知らないのよ。何度も言いますけど、そんなことが私にできるはずは……」

「もうわかった。もういいよ。いつまでも君がそうやってしらばくれるなら、僕たちはもうこの家にいる意味がない。これで帰るよ。悪夢でも何でも、思う存分《ぞんぶん》に見せたらいいじゃないか」

孝夫は吐き捨てるようにそう言うと、由里子を促して席を立って帰ろうとした。その様子を見た緋美子が立ち上がって言った。

「ちょっとお待ちになって。あなたの仰る悪夢というのは、もしかしたらこのことかしら？」

と緋美子は孝夫の左手を取り、シャツの袖口をいきなりまくり上げた。するとそこには驚くべき現象が現れていた。

孝夫の左腕に、鋭い動物の歯で噛まれたような歯型がくっきりと残っていた。それは鋭い歯が立てられた箇所がところどころ皮膚を裂き、肉まで喰い込んで紫色の傷痕《きずあと》となっていた。

「これは？」

孝夫は初めて見る左腕の傷痕に慄然とした。孝夫はへなへなと、椅子へ崩れ落ちるように腰掛けていた。緋美子は孝夫のその様子を悠然として見ていたが、自身も椅子へ腰掛けて言った。

「あら大変。動物にでも噛まれてしまったのかしら？」

由里子は口をきくこともできずに、茫然として孝夫の腕の傷痕を凝視《ぎょうし》していた。そして由里子は、このような深い傷を孝夫自身が知らない間に負っていたらしいことに対し、いよいよ驚愕を深めているようであった。孝夫が腕の傷痕を見ながら慄える声で言った。

「君が僕の悪夢に関係していることはこれではっきりした。こんなことは許されることではない！」

すると緋美子は、相変わらず冷静な口調で言った。

「どうしてそれが私のせいだと言えるのかしら？　私は先ほどあなたと逢ったばかりよ」

「君はまだそんなことを言ってるのか！　君は何らかの方法で他人の夢を自由にコントロールしているんだ。そして……」

「そして？」

緋美子は孝夫を憐れむようにみつめ、口辺に微笑を泛べていた。

「そして……。夢と現実が……。どこかで……」

「かわいそうに。あなたは何者かに腕を噛まれて錯乱《さくらん》しているのね。まさか狂犬病になったわけでもないでしょうに」

緋美子はそう言って椅子から立ち上がると、ゆっくりと孝夫の前に跪いた。そして孝夫の左腕を取り、その傷痕に接吻した。孝夫は緋美子のその偽善的な態度に怒りが込み上げてきて、緋美子の腕を振り払って言った。

「僕は錯乱なんかしていない。君がこの腕の傷のことを知っていたことが何よりの証拠だ。君が僕の悪夢にまったく関係していないとすると、どうしてこのことを知っているんだ?」

緋美子は孝夫のその詰問には答えずに、ゆっくりと立ち上がると再び椅子へ腰掛けた。

その場を永い沈黙が支配していた。その沈黙に耐えかねるように、由里子が思い余ったように言った。

「工藤さん、あなたが孝夫くんの見る悪夢に何らかの形で関係しているということを、あなたは自分から認めたようなものよ。しらばくれるのはもうやめて、すべてを話してください」

由里子のその言葉にも緋美子は依然として沈黙を守っていたが、ややあってさりげなく口を開いた。

「それは孝夫くん、あなたが悪いのです。あなたが一方的に私との約束を破ったからです」

「約束って?」

由里子が孝夫の顔を覗き込むようにしてきいた。孝夫がそれに対して苦しそうな表情で答えた。

「それは僕と緋美子さんがつきあい始めるとき、絶対に緋美子さんを捨てないと約束したことだよ。しかし、これは、あくまでも程度問題だよ。緋美子さんが普通の女子高生だったら……」

由里子は孝夫のその言葉を聞き、ショックを受けたように黙り込んでしまった。

「緋美子さん、君が普通の女子高生だったら、僕は約束を破るつもりなどなかったんだ。悪いのは君なんだ。君が異常なんだ！」

緋美子はその孝夫の感情的な発言にも動じることなく、悠然として言った。

「でも私があなたを苦しめているという証拠は何もありませんよ。その腕の傷痕だって私が付けたものでないことは、あなた自身がよく知っているはずでしょう？　悪夢とやらのことを第三者に話しても、誰も信じる人などいないでしょう。あなたは私に対して感情的になり、私を怒らせないほうがいいのでは？　ますますあなたが苦しむことになりますよ」

「緋美子さん、どうかもう僕を許して欲しい。君は何のために他人をこれほど苦しめるんだ？もう僕を解放してくれ。お願いだ」

そう言って哀願する孝夫を緋美子は冷ややかにみつめていたが、やがてこぼれるような微笑を泛べると、孝夫を教え諭すような口調で言った。

「ですからあなたたちが私のよき友人になってくれれば、私はそれでいいのです。由里子さんともども末永く」

「わかったよ。僕たちはもともと君の友人になるつもりでいたんだ。由里子ちゃん、いいよね？」

孝夫のその言葉に、由里子はゆっくりと頷いた。

「それでは決定しました。これから三人が永遠の友人になるための儀式を行います。どうか二人とも私の言う通りにしてください」

緋美子はそう言い残すと部屋を出て行った。孝夫は今夜緋美子と対決するつもりでこの家へ来ていながら、またしても緋美子の言いなりにならざるをえない自分自身の不甲斐《ふがい》なさに、口をきくこともできずに茫然としていた。

ほどなく部屋へ戻って来た緋美子は、二人を礼拝室へ誘った。

三人が礼拝室へ入ると、正面の祭壇の前に白い鶏が首にロープを付けられて繋がれているのが眼に入った。そこへ季美枝が直径四十センチもあろうかという、銀の大皿を捧げ持って部屋へ入って来た。皿の上には糊《のり》の利いたテーブルクロスの上に、刃渡り二十センチほどもある鋭利な登山ナイフと銀の聖杯が載せられていた。季美枝はうやうやしく、その銀の大皿を祭壇の上に載せた。

孝夫はそのナイフに見覚えがあるような気がしたが、すぐに以前この家の地下室で見たことを思い出した。孝夫はそれを見て何かしらいいしれぬ嫌悪を感じたが、すぐにその予感が的中したことを思い知らされた。

緋美子は皿の上からテーブルクロスを取り、それを祭壇の前の床へ広げて敷いた。さらにその上へ銀の皿を置き、季美枝がかたわらに繋がれていた鶏を皿の上に載せ、首を締めるようにして皿の上に抑え付けた。

鶏は季美枝に首を抑え付けられ、「グゥー」という奇妙な声を発して羽と脚をばたつかせていたが、季美枝がなおも首を締める指に力を込めると、すぐに鶏は失神したように大人しくなった。そこへ緋美子が鶏の首に結ばれていたロープを解き、首にナイフの先を押し当てて、腕に力を込めて一気に押し下げた。

その瞬間、鶏の首から鮮血が噴き出した。銀の大皿は見る間に鶏の真っ赤な血で満たされた。直後に鶏は力尽きたように、微かに脚を震わせて絶命した。

緋美子は銀の大皿に満たされた鶏の生き血を、銀の聖杯の中へ移し変えた。さらに銀の聖杯と鶏の死骸を載せた皿を祭壇の上へ置き、自分を除く他の三人を祭壇の前に横一列に並ばせ、自らは祭壇の前に進み出た。

続いて緋美子は、ところどころ鶏の血の付いたテーブルクロスの上に乗ってうやうやしく拝跪すると、胸の前で十字を切ってお祈りを始めた。

「神よ、我等の生贄《いけにえ》を受けてください」

「神よ、我等の永遠の友情を祝福してください」

「神よ、我等の血の穢れを清めてください」

緋美子の後ろへ立った三人は胸の前で手を合わせ、瞑目して神に祈りを捧げた。

「これで我等の友情は、神に許されました」

緋美子がそう言うと、季美枝が鶏の死骸を載せた皿と鶏の血を満たした聖杯を持って部屋を出て行った。緋美子はテーブルクロスを折り畳んで片付けると、孝夫たちを緋美子の寝室へ誘った。


緋美子の寝室へ入室した由里子は、その豪華さに驚いている様子であったが、緋美子はそんな由里子に対し、なおも驚くようなことを言った。

「由里子さん、ジャケットを脱いでベッドの上に寝てください」

緋美子はそう言うと、礼拝室で使用したテーブルクロスをベッドの上に広げた。緋美子の優しい響きではあるが毅然とした調子の言葉に、由里子はまるで催眠術にでもかけられたように、言われるままにジャケットを脱ぎ、ベッドの上に仰向けに横たわった。

孝夫はそんな二人の様子を、ソファーに腰掛けて息を詰めるようにしてみつめていた。

「由里子さん、ブラウスも脱ぎましょうね」

緋美子はそう言うと、ベッドの上の由里子の眼をみつめながら、由里子のブラウスのボタンを外し始めた。由里子は観念したのか、緋美子がブラウスを脱がせ易いように身体をひねって協力した。

由里子がブラウスを脱ぐと、由里子の上半身の肌理《きめ》が細やかで雪のように白い肌が露になった。

「まあ、きれいな肌。こんなに白くて、まるで餅のようにしっとりしている」

緋美子はそう言って由里子の肌に手を触れて感嘆していた。が、次の瞬間、緋美子は由里子の顔に自身の顔を寄せると、由里子の唇を奪っていた。さらに緋美子は由里子に接吻をしながら背中に手を回し、由里子の胸に付けられた白いブラジャーを外していた。

緋美子にブラジャーを外されて上半身裸になった由里子は、羞恥に頬を紅潮させながらも緋美子の顔をみつめ、まるで魔法にでもかけられたように無抵抗であった。

「なんて美しい胸なの。羨ましい」

由里子の適度に形良く隆起した乳房を見て、緋美子がそう言った。その乳房の先端には、ピンクの乳首が恥じらうように息づいていた。緋美子がその乳首に軽く舌で触れると、由里子はまるで脊椎《せきつい》を電流が貫いたように、ぴくりと身体を震わせた。

「感覚が鋭敏なのね。可愛い人」

緋美子はそう言いながら、なおも由里子のスカートのジッパーを下ろそうとしていた。そのとき季美枝がワインのボトルを手にして部屋の中に入って来たが、緋美子はドアのほうを振り向きもせずに、由里子のスカートを脱がせる作業に没頭《ぼっとう》していた。そして由里子は、ついに緋美子によってスカートを脱がされてしまった。

由里子は白のレースのビキニショーツだけの姿で、ベッドの上に横たわっていた。

「あら、由里子さんて見かけによらず大胆なのね。こんなお洒落《しゃれ》なショーツを穿いてるなんて」

緋美子は笑いながらそう言うと、由里子のショーツに手をかけてそれをも脱がそうとした。由里子は悪魔に魅入られたように依然として無抵抗のまま、緋美子にショーツを脱がされてしまった。

そしてついに全裸となった由里子の下腹部には、微かな薄もやのような繁茂を見て取ることができた。

そのときそれを合図にしていたようにベッドサイドまで来ていた季美枝が、手に持っていた赤ワインのボトルの栓を抜いた。次の瞬間思いがけないことが起こった。

季美枝はボトルの中の赤ワインを、由里子の雪のように白くなだらかな下腹部に少しずつそろそろと垂らし始めた。その赤ワインはまるで由里子の腹から流れ出る血のように、由里子の下腹部を流れて滴《したた》り落ちた。

由里子は自らの下腹部を流れる血のようなワインを見て、羞恥と驚愕で声を出すこともできないようであった。

「美味しい」

緋美子はそう言って由里子の下腹部を流れるワインを、いや鶏の生き血を、由里子の肌を舌で舐《な》めながら啜った。

「季美枝さん、あなたも。孝夫くんも早くここへいらして」

季美枝も緋美子と同様に、由里子の下腹を流れる鶏の血を飲んだ。それを見ていた緋美子は、さらにボトルの中の鶏の血を由里子の下腹部に滴らせた。

孝夫は茫然としてこの目前で演じられている異様な光景に眼を奪われていたが、緋美子のその声に我に返ったようにソファーから立ち上がると、由里子の下腹に口を付けて女二人と同様に鶏の生き血を飲んだ。そのとき半ば鶏の血で彩られた由里子の下腹部の翳りが、孝夫の眼前で煌びやかな色彩を放って妖しく光った。

孝夫は下腹部に鮮血を滴らせてベッドに横たわっている由里子の白く美しい裸身と、口中に広がるどろりとした生臭い鶏の血の味で、眩暈《めまい》がするような、脳髄が痺れるような興奮を感じていた。

「私たちばかり飲んでごめんなさいね。貴女も飲みたいでしょ」

緋美子はそう言うと、ボトルの中の鶏の生き血をグラスに注ぎ、由里子の上半身を抱き起こした。そしてグラスの中の血を自身の口へ含み、由里子に口移しで飲ませてやった。すると由里子は緋美子のなすがままに、緋美子の口から移された鶏の生き血を、意外にも美味そうに喉を鳴らしてすっかり飲み干した。

緋美子は由里子のその様子を見ると、嬉しそうに微笑んでそっと由里子に接吻した。接吻が終わって緋美子が由里子から顔を離すと、由里子も緋美子の顔を見て微笑したが、そのとき孝夫は、由里子の唇と歯の一部が鶏の血で赤く染められているのを見た。

その後緋美子は、再び由里子をベッドに寝かせ、瞑目させて胸の前で手を組ませた。さらに緋美子はベッドサイドに拝跪し、胸の前で十字を切って再び神に感謝の祈りを捧げた。

ベッドの上では全裸の由里子が目を閉じ、下腹部を鶏の血で赤く染めて静かに仰臥していた。

孝夫と季美枝は緋美子の後方に立ち、合掌《がっしょう》して瞑目した。

「神よ、我等の生贄を受けていただき、ありがとうございます」

「神よ、我等の友情を祝福していただき、ありがとうございます」

「神よ、我等の血の穢れを清めていただき、ありがとうございます」

緋美子は感謝の祈りを捧げ終えて後ろを振り返り、孝夫と季美枝に向かって言った。

「これで私たちの永遠の友情を契《ちぎ》る儀式は、神に祝福されて滞りなく終了しました」

緋美子はベッドの上に横たわっている由里子の手を取り、部屋の奥のバスルームへ由里子を連れて行った。季美枝が由里子の脱いだ衣服を抱《かか》えてそのあとに従った。

バスルームへ入った緋美子は、突然意外な行動に出ていた。

緋美子はハイヒールを履いたままでバスルームへ入り、心持《こころもち》足を開いて立つと、両手でいきなりドレスの裾を持ってたくし上げた。そして紫色のバタフライのような小さなショーツを膝まで下ろし、その場へしゃがみ込んだ。と見る間に、緋美子の股間から黄金色の液体が噴出し、バスルームの床の上を流れ始めた。

由里子と季美枝は茫然としてこの様子を眺めていたが、緋美子はやや顔を挙げて眼を閉じ、羞恥で顔を火照《ほて》らせながらもこの所用を完全に遂行した。やがて用を終えた緋美子は、ショーツも上げずにそのまま立ち上がって言った。

「由里子さん、こちらへ来て私の後始末をして」

由里子は緋美子に言われるままに、緋美子の前へ跪いた。その由里子に緋美子が耳許で何事か囁いた。

すると由里子は、緋美子の放尿によって濡れた身体の部分に顔を寄せ、舌で丁寧に水滴を舐め取っていた。緋美子はその間ショーツを膝まで下ろし、脚をやや開いた内股で尻を後方へ突き出すようなポーズで、ドレスの裾を両手で持って立っていた。その顔は頬を紅潮させて眼を閉じ、由里子の舌の動きに恍惚の表情を泛べていた。

由里子の協力によって放尿の後始末を終えた緋美子は、身支度《みじたく》を整えると、季美枝と共に何食わぬ顔で孝夫の待つ寝室へ戻った。

しばらくしてシャワーですっかり身体を洗い流し、バスルームから出て来た由里子は、まるで何事もなかったような、すっきりした表情をしていた。

「また今度の日曜にいらしてね」

孝夫と由里子が緋美子の家を辞すとき、緋美子が満面に笑みを湛えてそう言った。時刻はすでに午後十時を回っていた。

二人は緋美子の家を出て帰り道を急いでいた。歩きながら由里子が弾んだ声で言った。

「来週の日曜が楽しみになっちゃった。早く日曜にならないかな」

孝夫は驚いて由里子の顔をみつめた。由里子はそう言って目許に羞恥の色を泛べ、何事かを思い出したように微笑んだ。

十四

　翌日から孝夫と由里子は、すっかり月曜の夜の異常な体験を忘れてしまったかのような日常を過ごしていた。孝夫は水曜と金曜の夜に由里子の家へ行って勉強したが、由里子は緋美子のことも、緋美子の家へ行ってそこで起きたことについても、一切話題にすることはなかった。孝夫のほうでも、それからは悪夢を見るようなことはなかったため、努めて緋美子のことには触れないようにしていた。

　一旦二人のあいだで緋美子のことを話題にしてしまうと、孝夫と由里子の勉強をするための緊張関係がその途端に崩壊してしまうような危惧《きぐ》を、二人は互いに感じていたからである。が、由里子の家での土曜の夕刻の勉強が終わろうとするころ、孝夫はついにそのことを話題にせざるをえなかった。

「明日はどうするの？　緋美子の家へ行くの？」

　と孝夫が由里子にきいてみると、由里子は一瞬狼狽したような様子を見せ、恥ずかしそうに頬を染めて言った。

「私は行きたいの。行きましょうよ」

日曜の午後五時十五分前に、孝夫は緋美子の家近くの地下鉄の駅前で、由里子と待ち合わせをした。緋美子との約束の時刻は午後五時であった。

孝夫と由里子は緋美子の家へと向う、晩秋のどことなく寂寞《せきばく》感の漂う閑静な住宅街の舗道を歩いていた。孝夫は由里子と並んで歩きながら、由里子をこのことに巻き込んでしまったことに対する後悔の念が、胸の裡に徐々に兆《きざ》してくるのを感じていた。やはりどんなに苦しくとも、このことは自分一人で解決すべきであったと思った。

自分は男であるからたとえ緋美子と過ちを犯したとしても、これからの人生にさほどダメージになるということはないだろう。が、由里子にとっては、もちろんまったく事情が違う。

年ごろの娘が男に傷物にされるということはよくあるが、男が女に傷物にされるということはもちろんありえない。由里子と緋美子は女同士であったが、それでもスキャンダルになる可能性はあった。まさかしっかり者で聡明な由里子が、緋美子にこれほど簡単に骨抜きにされるとは、孝夫は思ってもみなかった。

孝夫がそんなことを考えながら歩いていると、二人はすでに緋美子の家の門前まで来ていた。二人はそのまま門を入り、夕暮れの庭の芝生の上を吹き抜けて来る、晩秋のひんやりとした風を頬に受けながら歩いた。

二人は庭の中を玄関まで歩いて来て、孝夫が入口のチャイムを押すと、中から季美枝の声で応答があった。孝夫が名前を告げてしばらく待っていると、季美枝が玄関のドアを開けて顔を覗かせた。

「先日はお世話になりました」

由里子はそう言うと、持参した菓子折りを季美枝に手渡した。

「いらっしゃいませ」

と季美枝は抑揚《よくよう》のない声で挨拶して菓子折りを受け取ると、能面のように感情に乏しい顔で二人を家の中へ招じ入れ、二階のいつもの部屋へ案内した。

二人が部屋の中の椅子へ腰掛けて待っていると、ほどなく緋美子が現れたが、二人はその緋美子の服装に呆気に取られた。

緋美子は床を引きずるほど長い裾の五分袖の濃緑のソワレを着ていた。ソワレはなめらかな光沢のある絹のサテン地をたっぷり使用して仕立てられていて、同色の肘が隠れるほど長い手袋をしていた。さらに胸元のエメラルドのネックレスが神秘的な輝きを放ち、髪には緑色のリボンを結んでいた。

緋美子は胸を張って心持ち顔を挙げた澄まし顔で、ソワレの裾を後方へ引きずって部屋の中を歩いた。その歩き方は左右の脚を一歩前に出すたびに、身体全体で一定のリズムを刻むようにしていた。

　緋美子はいつもドレスの色とハイヒールの色を合わせていたが、今日はソワレの長い裾で足許が遮られて、孝夫はハイヒールの色を確認することができなかった。

　緋美子は二人を認めると、にこやかな微笑を湛えて言った。

「いらっしゃいませ。お待たせしまして」

「今日はまた一段とすごい服装ですね」

　と孝夫が言うと、

「ありがとう」

　と緋美子は、やや顔を挙げて眼を細めてうっとりした表情をした。そして孝夫を斜め上から見下ろすようにして、正しい形の鼻に細く刻まれた鼻孔を示し、すぐに顔を元の位置に戻した。

　そこへ季美枝が、ワゴンの上に赤ワインのボトルとオードブルの皿を載せて運んで来た。季美枝がワインのボトルの開栓を終えると、緋美子が例によって意味ありげにワインのテイスティングをした。それが済むと、季美枝も緋美子の勧めによって椅子へ腰掛けた。

「それでは僕たちの永遠の友情に乾杯」

　と孝夫がグラスを挙げて音頭を取ると、

「乾杯」

と三人の女が応じて乾杯した。乾杯を終えると、緋美子がグラスに口を付けていない由里子を揶揄するように言った。

「由里子さん、これはシャトー・モンローズというワインですから安心してください。鶏の生き血じゃありませんから。もっとも貴女は、鶏の血も美味しそうにして飲んでいたけど。貴女にはどちらのほうが良かったかしら？」

由里子は緋美子にそう揶揄されると、身をくねらせるようにして羞恥を露にし、色白の目許を染めて俯いた。

「あら、純情なのね。こんなに恥ずかしがるなんて。先日はあんなことがあったのに」

緋美子のその言葉に、由里子はいよいよ絶え入りそうな様子を見せて俯いた。孝夫は由里子のその様子を、まるで信じられないものを見るような思いでみつめた。かっての由里子の時として孝夫を叱咤《しった》するような気の強さは、いったいどこへ行ってしまったのか。

由里子の羞恥に反し、緋美子は上機嫌で女主人として振舞った。テーブルの上に出ているフォアグラのソテー、平目のマリネ、鴨のパテ、きのこサラダなどの料理に蘊蓄《うんちく》を傾けたり、各人の前のグラスにワインを注いだりした。

「由里子さん、貴女、ピアノをお弾きにならない？　貴女はピアノがお得意でしょ？」

ひと通りワインが行き渡ってリラックスしたころ、緋美子が由里子にそう言って促した。緋美子に促された由里子は、目許をワインの酔いでほのかに赤くして言った。

「ちょっと今日は。少し酔ってしまいました」

それを聞いた孝夫がすかさず言った。

「緋美子さんこそ、ピアノをお願いしますよ」

「今日はとてもそんな気にならないの」

と緋美子は言うと、やおら椅子から立ち上がった。三人は緋美子がソワレの裾を引きずりながら退室する姿を見送った。緋美子は入室したときのように顔を心持ち挙げて正面を見据え、まるで映画のヒロインが舞踏会から退場するときのように、すっかり自身の世界に浸り切った様子で部屋を出て行った。


緋美子が退室すると、それを合図にしていたかのように季美枝が二人を寝室へ案内した。

孝夫は由里子と並んで寝室のソファーへ腰掛けていたが、緋美子が次にどのような挙に出るかという不安にかられていた。

そこへ緋美子が、黒のロングドレスに着替えて部屋に入って来た。

そのドレスはノースリーブのシンプルなデザインではあったが、左サイドの長いスリットから、黒の網ストッキングを穿いた脚が太腿から露になっていた。それは足許の黒いハイヒールと相俟《あいま》って、シックでセクシーな大人の女の妖しい魅力に溢れていた。

しかもその黒のぴったり身体に張りついたドレスは、てらてらと光沢のある生地で緋美子の身体を統制していて、バストの驕慢《きょうまん》な隆起やウエストのなよやかな細さ、ヒップの周辺の肉の盛り上がりをいやがうえにも強調し、ことさら男の欲望を刺激せずには措かないと思われた。

孝夫は緋美子の身体の煽情《せんじょう》的な美しさに、いまさらながら驚いた。緋美子の身体はもう少し細身であると孝夫は思っていた。緋美子はいつからこんなに大人っぽい身体つきになったのだろう。心なしか身長も高くなったように孝夫には思われた。

緋美子は部屋に入って来るなり照れたような微笑を泛べ、

「あのドレスは慣れないから窮屈《きゅうくつ》で大変だったの。やっぱりこれが楽ね」

と言った。

「歩くのが大変だったでしょう?」

と孝夫がきくと、緋美子が弁解するように答えた。

「気取った歩き方に見えたかもしれませんが、あの服を着ると自然にあんな歩き方になってしまって。ドレスを膨らませている下着も重くて大変なの」

「どんな下着なの?」

と由里子が興味深そうにきいた。

「ドロワーズっていうゆったりしたズボンのような下着と、ドレスを膨らませるために、その上に白のドレスのような下着をもう一枚重ねて着ていたの」

「コルセットはしていなかったの？」

と由里子が再びきくと、緋美子が笑いながら答えた。

「それはしていなかったの。あれをすると苦しくて大変よ」

「歩くときはまだしも、トイレのときはどうするの。長く広がった裾が邪魔になりませんか？」

孝夫のその質問に対し、緋美子は珍しくうろたえたような様子を見せて眉根をひそめ、孝夫を詰るような調子で言った。

「まあ、孝夫くんて、なんていやらしい想像をするの。そんなことを女にきくもんじゃありません。でも、ほんとうのことを言うと、実はトイレが不便だから着替えたということもあるのよ」


それを聞いた孝夫と由里子は、声を出して笑った。緋美子も照れたように笑っていて、その場の緊張が一気にほぐれた。

そのとき季美枝が部屋に入って来て、ベッドの上に白の真新しいシーツを敷いた。季美枝がシーツを敷き終えると、緋美子が由里子にジャケットを脱いでベッドの上に仰臥するように指示し、自身はベッドに腰掛けて由里子の左手を取った。

続いて緋美子は季美枝から安全剃刀を受け取り、由里子の左手の小指の基節の外側に、剃刀の刃を押し当てて軽く引いた。由里子はそのとき、ぴくりと身体を震わせたようだった。

由里子のほっそりして透き通るように白い手の小指に、見る間に鮮血が滲《にじ》んだ。緋美子はその指を自分の口許へ引き寄せ、口に含んで流れ出る血を吸った。由里子はその間終始無言で、緋美子のなすがままになっていた。

それを見ていた季美枝が、今度は緋美子の左手の小指の同じ箇所を剃刀で切った。緋美子の細く白い小指から、瞬く間に鮮血が滴り落ちた。

緋美子は由里子の小指を口に含みながら、自身の血が滴っている小指を、ベッドに横たわっている由里子の口に含ませた。二人の女はそのままの姿勢で互いの眼をみつめ合い、互いの白《しら》魚《うお》のような指から流れ出る血を吸い合っていた……。

幾許かののち、二人の女の様子をベッドサイドに立って見守っていた季美枝が、救急絆創膏を二人の女の小指に巻き、指の傷口を止血した。そのとき緋美子が、感極まったように言った。

「由里子さん、貴女の血が私の血の穢れを清めたのよ。そして私の清められた血が、同時に貴女の血の汚れをも払ったの」

由里子は緋美子のその言葉を聞き、緋美子の顔を下から見上げて恥じらうように微笑んだ。

緋美子と由里子は、ベッドの上で抱き合って接吻を交わしていた。二人の女の花弁のような唇のあいだで妖しく身をくねらせている赤い舌は、互いの舌のなめらかな潤いと、生暖かな弾力を余すところなく味わい尽くすように、艶めかしく絡み合っていた。

緋美子は由里子と接吻をしながら、由里子のブラウスのボタンを外し始めた。そして緋美子はボタンをすべて外して由里子のブラウスを脱がせると、その下の白のブラジャーのホックをも外し、それを巧みな手つきで取り去った。

由里子はこの間まったく無抵抗で緋美子のなすがままになっていたが、やがて由里子の唇から甘い喘ぎ声が洩れ始めた。

孝夫はソファーに腰掛けてこの様子を茫然と眺めていたが、やがて側に立っている季美枝が、身体をしきりにもじもじさせてるのに気がついた。孝夫が季美枝の表情を窺うと、季美枝も孝夫の顔を紅潮した頰でみつめ返し、すぐに孝夫の隣のソファーに腰掛けた。

ソファーに腰掛けた二人は、どちらからともなく手を握り合っていた。次の瞬間、孝夫は季美枝の握った手を引き寄せ、季美枝の身体を抱きしめた。抱き合った二人は、互いの唇を重ねていた……。

ベッドの上には、由里子が白のビキニショーツ一枚の姿で身を横たえていた。由里子は両手を胸の前で組んで眼を閉じ、身体を小刻みに震わせていた。緋美子はそんな由里子の全身に、絶え間なく唇を押し当て、また這わせ、あるいは吸っていた。

そしてとうとう緋美子の手により、由里子の最後の一枚が身体から取り去られたとき、緋美子はさらに意外な行動を取っていた。

緋美子は由里子の左手の小指の絆創膏を取り外し、まだすっかり乾ききっていない由里子の小指の傷口を指で挟むと、その指に力を込め、由里子の下腹部へ搾《しぼ》るように鮮血を滴らせた。

緋美子は眼に異様な光を湛え、由里子の指から流れ出る鮮血が、由里子の引き締まった下腹へ滴り落ちていくのを眺めていた。が、ついに思い余ったように由里子の下腹に顔を寄せ、下腹の上を流れる血を舐め始めた。

孝夫はその様子を見ると、思わず背筋に悪寒が走るのを感じたが、さらに不可解なことには、由里子が緋美子の異常な行為に何ら拒絶の様子を見せないばかりか、その顔に恍惚の表情さえ泛べ、依然として無抵抗でいることであった。

季美枝は緋美子のその行為に気がつくと、孝夫から身体を離して二人の側まで行き、由里子の指を再び救急絆創膏で手当てした。由里子は白い均整のとれた裸身をベッドの上に晒し、下腹部を自身の鮮血で染めたままで、季美枝に指の手当てを受けていた。

その様子を見ていた孝夫は、急に我に返ったようにベッドサイドまで行くと、由里子に下着を付けさせて服を着させた。そして由里子を追い立てるようにして緋美子の家を後にした。

緋美子の家からの帰路、二人は無言で歩いていた。歩きながら孝夫がそれとなく由里子の表情を窺うと、由里子は外へ出て夜風に当たったせいか、普段の由里子らしい表情を取り戻していた。時刻は午後八時を回ったころで、中天に下弦の月が冴えた光を放っていた。

「由里子ちゃん、大丈夫だった?」

と孝夫は立ち止まり、由里子の左手を取って絆創膏が巻かれた小指をみつめると、由里子は孝夫の顔を見てゆっくりと頷いた。

「君は緋美子に何をされたのか知ってるんだよね? どうして無抵抗だったの?」

孝夫の再度の問い掛けに、由里子は冷静な口調で答えた。

「今考えると、恐ろしくておぞましいことをしたと思うけど、そのときは不思議なことに、まったく抵抗する気にならないのよ」

「君はもう二度とあの家へ行く必要はないよ。このことはもともと、僕のトラブルが原因で君を巻き込んでしまったんだからね。何とか僕一人で解決しようと思う」

孝夫のその言葉にも、由里子は沈黙して何も答えなかった。

十五

翌週も依然として平穏な日常が流れ去っていた。由里子は何事もなかったように、孝夫の家へ勉強をしに来ていた。二人とも意識してのことか、あるいは無意識にか、緋美子のことをまったく話題にしなかった。が、孝夫の気持ちは固まっていた。孝夫はこのまま緋美子と絶交するつもりだった。このままでは由里子が、緋美子に意のままに操られる可能性が大きかった。

二人の勉強は比較的順調に進んでいた。由里子の勉強の進め方は相変わらずで、各教科のポイントを的確に抑え、孝夫に必ず覚えるべきことを教えた。ノートも女の子らしいきれいな文字でまとめられていて、孝夫がそれを借りて参考にすることも、一度や二度ではなかった。

普段はこのように聡明な由里子が、緋美子の家であのようなことをしたとは、孝夫にはとても考えられないことであった。そのような由里子のためにも、緋美子とは何としても縁を切らねばならないと孝夫は思った。

土曜の夕刻の勉強のあとで、孝夫は由里子にきっぱりと言った。

「僕は明日緋美子の家へは行かない。君も絶対に行かないで欲しい。君も緋美子がどんなに危険な女か、もう十分わかっているはずだ」

孝夫のその言葉に、由里子は納得したように頷いた。あとは日曜の夜に、孝夫がどんな夢を見るかにかかっていた。

周囲に嘔気《おうき》を催すような、血生臭い匂いが立ち込めていた。薄暗い中に無数の罪人が蠢いていた。眼を凝らして見ると、無数の男女の罪人が一糸纏わぬ姿で大きな池に溺《おぼ》れていた。池の岸辺の浅瀬では、池から出ようとしている罪人が足をすべらせて立つことができずにいた。それらの罪人たちは、立ちかけてはすべって転び、また立ちかけてはすべって転ぶという動作を、飽くことなく延々と繰り返していた。

しかし、暗闇に慣れた眼でよく見ると、池の水と見えたものは、実は暗紅色のどろどろとした罪人の血であった。池は人間の背が立たないほど深く、罪人は懸命にもがいて水面から顔を出し、呼吸をしようとしていた。が、ついには溺れてしたたかに池の血を飲んでいた。そして飲みすぎて堪らず飲んだ血を周囲に吐き散らし、また再び溺れて血を飲む……。

罪人は一瞬たりともこの動作を止めることがなく、ただ永遠に同じことを繰り返す以外に、取るべき道はないようだった。

また池の岸辺にも何かが蠢いていた。それはぬらぬらとした身体をくねらせている無数の蛇であった。これらの蛇は互いの身体を複雑に絡ませていた。奇態なことはこれらの蛇の中には、互いの身体をゆっくりと、あるいは激しくこすり付け合っているものもいた。また細く赤い舌をチロチロと出し、他の蛇の身体を舐め合っている蛇もいた。

また奇妙なことには、これらの蛇にはそれぞれの顔に表情があるように見えたことであった。爛々と眼を光らせ、大きく裂けた口を開けている蛇の顔の表情に、よく見ると時折人間の顔の表情のように見える一瞬があった。

それは人間の男の顔や、女の顔であったりするだけではなかった。怒りに燃えたような表情、嫉妬に狂ったような表情、威嚇《いかく》するような表情、媚《こび》を売るような表情、または泣いているような表情のときもあった。さらには苦悶の表情や、恍惚として眼を細めているような表情のときすらあった。

孝夫はあまりの恐怖と不気味さに、身体を震わせてこの光景を眺めていたが、このとき一人の女の罪人が全裸で縄目を受け、獄卒に池の辺《ほとり》に曳かれて来るのを見た。と見る間に罪人は縄目を解かれ、池の中に突き落とされた。

孝夫は池の中で溺れているこの罪人の顔を見ると、脳天を雷に打たれたようなショックを受けた。なんとその罪人は、紛《まが》うことなく由里子だったからである。

孝夫は月曜の朝目覚めると、もはやこれ以上は一刻の猶予もならないことを痛感した。孝夫の見た悪夢は、おそらく由里子にも及んでいるだろうと推測された。孝夫は今夜一人で、緋美子との最後の決戦をする決意をした。

孝夫はベッドから気怠い身体を起こして洗面を済ませ、その日の由里子との勉強を中止することを、由里子に電話で連絡した。

その日は朝から晩秋の冷たい雨が降りしきっていた。孝夫の体調はいつも悪夢を見た朝は優《すぐ》れなかったが、今朝は緋美子との最後の決戦をすると決意したときから、気分が異様に昂揚《こうよう》していた。

孝夫はその日登校してからも、とても授業が手につきそうもない状態であった。そんな孝夫の決意を知ってか知らずか、教室の中の緋美子の様子をそれとなく窺うと、緋美子は相変わらずいつものように、何食わぬ顔で澄ましていた。

放課後、孝夫は久し振りに建次を喫茶店に誘った。朝の孝夫の精神の興奮状態は、午後になってから流石に幾分治まっていた。

建次は孝夫と由里子がバンドを脱退してからも、短期間ではあるが、新メンバー二人を加えてバンドの活動をしていた。が、その後新メンバーとは折り合いが悪かったらしく、結局バンドは解散してしまっていた。

「もう一回俺とバンドをやろうよ。由里子も誘ってな」

と喫茶店で建次が言った。

「俺と由里子が来週まで生きていたら、もう一度やろう」

と孝夫が答えると、建次は一瞬驚いた表情をして言った。

「それはそうと、由里子とはうまくいっているのか？」

「あ、いや、時折一緒に勉強をしているんだが……。それよりお前のほうは？」

「俺はおかげさまで、何とか毎週楽しくやっているよ」

「そうか。それはよかった。そういえば、純子も急にこのごろ女らしくなったような気がしていたんだ。前ほど俺に干渉しなくなった。自分のことで精一杯ってとこか」

孝夫がそう言うと、建次は照れたように笑った。

「ところで、純子とはどんな話をしているんだ？」

「特に話題というほどのものもないが、おもに音楽の話かなあ……」

「そうか。毎週どこでデートしているんだ？」

「俺の家でギターを弾いて聴かせたり、遊園地や公園へ行ったり、お汁粉を食べに行ったり……。日曜のデートの費用を捻出《ねんしゅつ》するために、普段は色々なバイトをやってるんだ」

「それは楽しそうだな。純子をよろしく頼むよ」

孝夫がそう言うと、建次はまたしても驚いたような表情をして、すぐに笑いながら言った。

「改まっていったいどうしたんだ？　今日のお前はおかしいぞ。何かあったのか？」

「いや、何もない」

孝夫は建次と一時間ほど喫茶店で雑談してそのまま別れた。久しぶりに建次と雑談し、孝夫は言いたいことを遠慮なく言えてほっとした。由里子や緋美子と逢っているときとはまったく違い、男同士では気を使う必要がなかった。この感覚は久しく忘れていたものであった。

孝夫は午後五時前に一旦自宅へ戻った。夜になってから緋美子の家へ乗り込むつもりであったので、それまで自室で束の間の休息を取ることにした。作戦は何も考えていなかったが、今夜は緋美子の首を締めてでも、全裸にひん剥いてでも、化けの皮をはがしてやらねばならなかった。

孝夫はもちろん、体力では緋美子に負けるはずがないと思えるのが唯一の頼りだった。この場合は女に対する暴力もある程度はやむをえまい。孝夫は今日まで緋美子の言いなりになり、じっと耐えてきたのだ。暴力を行使したあとのことは、緋美子の反応次第でどう転ぶかわからなかった。

孝夫が緋美子に暴力で訴えた場合、あのいつも冷静でまったく物事に動じない、それでいて人の意表を衝く言動をして人を驚かせ、人を小馬鹿にしたような緋美子は、いったいどう反応するだろう。それとも緋美子は、魔術でも使って孝夫の暴力に対抗してくるだろうか。

孝夫は午後五時半を過ぎたころ、パンと牛乳で軽く腹ごしらえをして家を出た。雨は夜になってますます激しくなっていた。傘をさしていてもジーンズがほとんど濡れてしまった。濡れていないのは胸と首から上だけであった。

地下鉄の駅を出て緋美子の家へ向かう道では、強い雨にさらに風が加わっていた。孝夫は風で傘を飛ばされないように傘を半ば閉じて歩きながら、ようやく緋美子の家の門前までたどり着いた。

電線が風を切ってひゅうひゅう鳴っていて、庭木の楡の枝が折れんばかりにしなっていた。

孝夫は門を開けて、横なぐりに風雨が吹きつける庭に入った。庭を歩きながら家の窓を見やると、二階の緋美子の部屋の一室だけに照明が灯されていた。

孝夫が玄関の前まで来てチャイムを鳴らしても、家の中からは何も応答がなかった。続いてもう一度鳴らしてもやはり応答がない。孝夫は深呼吸をして三度目のチャイムを鳴らした。するとようやく季美枝の声で応答があった。

「今夜の緋美子さんはお勉強中で忙しく、どなたともお逢いになりません」

孝夫は季美枝のその声にも怯《ひる》むことなく、ドアのノブに手を掛けてドアを引いてみたが、部厚いドアはびくともしなかった。孝夫が家を仰ぎ見ると、庭木の楡が二階のバルコニーの上に枝を伸ばしているのが眼に入った。

孝夫は激しい雨の中を楡の根方《ねかた》まで走って行き、その太い幹に両腕でしがみついて、幹に足をかけて必死で登り始めた。

孝夫は雨に濡れてすべる楡の幹を少しずつ登り、ようやく左右に枝を広げているところまで来た。そして枝に掴まりながら、一本の太い枝の上に立ち、そこから二階のバルコニーの上へ飛び降りた。

バルコニーは孝夫がいつも最初に案内されるリビングルームへと続いていた。明かりが洩れている窓に手を掛けて引いてみると、緋美子が時折窓を開けて星を観測しているためか、窓には鍵が掛けられていなく、窓はスムーズに開いた。

孝夫は窓からそっと部屋の中へ入った。ピアノの陰に隠れて部屋の中を見回すと、部屋には誰もいないようであった。

孝夫は廊下に出て寝室のドアの前に来た。ドアのノブを回してみると、ドアには鍵が掛かっていて開かなかった。鍵穴から部屋の中を覗くと、部屋の中は照明が灯されていて明るかった。

孝夫は部屋の中に人の気配を感じて、

「緋美子さん、開けてください」

と言ってドアを何度かノックしたが、部屋の中からはまるで応答がなかった。

「緋美子さん、開けてください。お願いします」

孝夫がそう言って再びドアを激しくノックすると、内側からドアが開き、同時に部屋の中の光景が孝夫の目に飛び込んできた。

孝夫の目前に、異様な服装をした一人の背の高い女が立っていた。女は無言でドアを閉め、再びドアに鍵を掛けて孝夫に向き直った。

女は漆黒の長い髪を垂らし、黒の編みタイツに黒のハイヒールのブーツを穿いていた。身体には黒光りする革のコルセットを身に着けていて、女の秘所はコルセットに黒革のベルトで繋がれている、黒革の小さなバタフライが辛うじて隠していた。

女は黒革のアイマスクで顔を隠し、肘までの長い黒革の手袋を着けた手に、黒革の鞭を持って艶然と立っていた。女の豊かな乳房が美しい線を描いて隆起し、乳暈《にゅううん》の中心に屹立するピンクの乳頭が、大人の女の成熟を感じさせた。

女は季美枝だった。


ベッドの上では緋美子と由里子が、全裸で互いに手を取り合って向き合い、不安そうな表情で座っていた。ベッドサイドには、首と胴体が離れた白い鶏の死骸が転がっていた。

次の瞬間に孝夫は、ベッドの上の二人の女の身体に眼を奪われた。二人の女の身体には幾多《いくた》のみみずばれが、胸や、腕や、背に現れていて、ところどころに血が滲んでいた。二人の女のこれらの傷は、どうやら季美枝の鞭の打擲《ちょうちゃく》で作られたものらしかった。茫然として突っ立っている孝夫に対し、季美枝が言った。

「いらっしゃい。今夜は私たち女だけで楽しむつもりでいたのに、とんだ珍客ですこと。それともあなたもお楽しみになる？」

季美枝はそう言うと、いきなり孝夫に向かって鞭を振り下ろした。鞭は「ヒュー」という空気を裂く音を立てて孝夫に迫って来た。

孝夫は突然飛んできた鞭を避けきれず、左腕に強い鞭の打撃を受けた。孝夫が腕の痛みに顔をしかめるのを見て、季美枝はマスク越しに愉快そうに破顔《はがん》した。孝夫は季美枝のこれほど楽しそうな笑顔を見るのは初めてだった。

「どう、私の鞭の味は？　興奮した？」

季美枝はそう言うと、孝夫に対して再び鞭を振り下ろした。孝夫は両手で顔を防御しながら、

「やめろ！」

と叫ぶと同時に、身体を沈めて危うく鞭から身を躱し、手を止めた季美枝に言った。

「君は何ということをするんだ。あの二人も君がやったのか？」

季美枝はそれには答えず、顔に微かな笑みさえ泛べて再び鞭を振り回した。が、その鞭の標

的は今度は孝夫ではなく、ベッドの上の二人の女だった。鞭の走る「ヒュー」という音と共に、二人の女の悲鳴が聞こえた。

季美枝は狂ったように、無茶苦茶に鞭を振り回していた。全裸の女たちは情け容赦《ようしゃ》なく鞭打たれ、逃げようとしても退路を絶たれてなおも鞭打たれていた。その様子を見た孝夫が再び叫んだ。

「やめろ！　季美枝、やめるんだ！」

孝夫が止めに入ろうとすると、再び孝夫に向かって季美枝の鞭が飛んで来た。孝夫はこれを辛うじて躱した。季美枝はマスク越しの眼に、残忍な色を泛べて言った。

「季美枝ですと？　私を女王様とお呼び！　お前もガキのくせに生意気なんだよ！　私を呼び捨てにするような豚はこうしてくれる！」

季美枝は再び狂ったように、鞭を目標も定めずに振り下ろした。

「お前もこの女たちを庇《かば》う必要などない！　こいつらは女王様の私に鞭打たれて喜んでやがるんだ。この女どもは救いようのない豚だ！　ガキのくせに贅沢三昧《ぜいたくざんまい》して酒なんぞ喰らいやがって！　おまけに盛りのついた牝猫のように恥も外聞《がいぶん》もなく色気づきやがって！　白豚め！　尻を振ってみろ！」

季美枝はそう絶叫すると、盲滅法に鞭を振り回した。季美枝のその様子はまるで悪霊《あくれい》にでも取り憑《つ》かれたようで、今まで孝夫が知っている清楚で控え目な季美枝の印象とは、あまりにもかけ離れたものだった。同時に孝夫は、その異様な迫力と見る者を捉えて放さない官能的な姿態に戦慄した。その季美枝に向かって緋美子が叫んだ。

「季美枝さん、もう許して！　お願い！」

「うるさい！」

季美枝が凄まじい形相でそう叫んだとき、いきなりドアに体当たりする「ドーン」という音がして、一人の男がドアの鍵を破って部屋に飛び込んで来た。

男は勢い余って転倒し、床の上に倒れていた。その男は緋美子の父の謙太郎だった。謙太郎はすぐに起き上がって言った。

「季美枝、もういい加減にやめるんだ。やめないと私は許さないよ。お前たちはまたこんな真似をしているんだね」

そう言って季美枝を叱った謙太郎の視線の先には、ベッドの上の全裸の緋美子と由里子の姿があった。ベッドサイドには血まみれの鶏の死骸と登山ナイフが転がっていた。

「うるさい！　お前も卑しい豚だ！」

季美枝の逆上《ぎゃくじょう》は依然として収まらず、謙太郎に対しても躊躇なく鞭を振るった。謙太郎は身を屈めて季美枝の鞭を避けながら、次の瞬間に季美枝の懐《ふところ》に飛び込んでいた。

低い体勢から謙太郎に飛び掛かられた季美枝は、その勢いで後ろへ尻餅をついて倒れ込んだ。謙太郎は倒れた季美枝の身体の上に馬乗りになり、左手で季美枝の胸元を押さえ付けながら、右手で季美枝のアイマスクをはぎ取った。

素顔が露になった季美枝は、謙太郎に組み敷かれてなおも手足をばたつかせて抵抗しながら、

「お前を許さない！」

と口走った。それを聞いた謙太郎は、

「許さないのは私だ！」

と叫んだ次の瞬間、かたわらに登山ナイフが転がっているのを右手で拾い上げると、反射的に季美枝の胸の中央を深々と刺し貫いた。同時に季美枝の喉の奥から

「んぐぅー」

という絞り出すような呻き声が洩れた。コルセットに防御されていない季美枝の両の乳房のあいだに、たちどころに鮮血が広がった。

季美枝は声を出すこともできずに身体を震わせていたが、謙太郎が季美枝の胸を貫いているナイフを引き抜くと、勢いよく季美枝の胸から鮮血が噴き出した。

孝夫は突然のできごとに、言葉を発することもできずに茫然としていた。ベッドの上の二人の女も何が起きたのかを理解することができず、息を詰めて健太郎と季美枝をみつめていた。

謙太郎の身体の下で胸から鮮血を噴出させている季美枝は、顔面を蒼白にして身体を小刻みに震わせ、唇を微かに動かして何かを言おうとする様子を見せた。が、ついに季美枝はひとことの言葉も発することができずに、首をがっくりと傾けて絶命した。季美枝の二十歳の短い人生は、このとき終わりを告げた。そのとき窓の外では、稲妻が光って雷鳴が轟いていた。

謙太郎は悄然と首をうなだれ、放心状態で床の上に足を投げ出して座り込んでいた。謙太郎のネクタイとYシャツは、季美枝の返り血を浴びて真っ赤に染まっていた。そのかたわらには血みどろの季美枝の死体が横たわっていた。他の三人も即座に状況を把握しかね、茫然とその場に立ちすくんでいた。

まるで時が止まってしまったような重苦しい沈黙のあと、謙太郎が我に返ったように、血染めのネクタイを緩めて口を開いた。

「こうなってしまったからには、君たちにすべてを話そう。緋美子もよく聞きなさい」

謙太郎は低く小さいが割合に落ち着いた声で、自分自身に言い聞かせるように話し始めた。

「実は季美枝は魔女だったんだよ。季美枝は黒魔術によって悪魔と契約した魔女だったんだ。私は今夜魔女を殺したんだ。季美枝の死んだ父親は黒魔術の専門家だった。季美枝の母親も、娘の季美枝も幼いときから、父親に助手として使われながら、黒魔術の手ほどきを受けていたんだ。だがそれが原因で、季美枝の両親は早死にしてしまった。

私も季美枝の父親に魔術の手ほどきを受けた。そしてそれを利用して事業を成功させた。だが所詮黒魔術は、悪魔に身を売ることなんだ。黒魔術などに関わっていて人間は幸福になどなれはしない。一度でもそれに手を染めた者は呪われてしまうんだよ。そのかわり黒魔術は何だって可能だ。目的とする異性の心を捉えることなどは簡単なことだ。呪った相手を男女を問わずに、一生性交することを不可能にすることだってできる。

もちろん目的とする人間の魂を、本人が寝ているあいだに地獄へ連れ出し、悪夢と思わせることなどは十分ありうることだ。あるいは悪魔に身代わりの生贄を捧げ、一度死んだ人間をもう一度生き返らせるようなことも、場合によっては可能だ。

実は季美枝と私は、季美枝が高校生のときから愛人関係にあった。これは私が季美枝に魔術をかけられたのかもしれないが、私も季美枝を愛してしまったことは確かだ。だが緋美子の母親の郁子はこのことを知ってか知らずか、自分も浮気してしまった。私が離婚したのはこのことが原因だ。が、ことによると、季美枝が私と郁子との仲を裂くために、郁子に浮気をするように仕向けたのかもしれない。

私は浮気した郁子をかっては憎んでいたが、今はもう郁子を憎んではいない。郁子は郁子なりの仕方で自分の使命を果した。それにしても季美枝は恐ろしい女だった。これは季美枝が魔女のせいなのか、季美枝の生来の性格なのか、私はそのうちにわからなくなってしまった。

季美枝は、私に郁子と離婚させて自分と結婚させようとしていた。ところがいざ私が離婚しても季美枝と結婚しなかったので、季美枝は一時狂乱状態だった。私が現在の妻とこの家で同居しないのは、季美枝のせいなんだ。ただ私はあらかじめ季美枝の魔術を破る方法を知っていたので、現在の妻と同居できていたんだ。

季美枝は、自分と結婚しないと魔術をかけて破滅させる、と私を脅迫した。私も魔術を使うが季美枝のほうが少し腕が上で、あらかじめどんな魔術をかけてくるかを知らなかったら、私にも防ぐ方法はない。そのうちに緋美子にも魔術の手ほどきをし、緋美子も魔術の真似ごとをするようになった。私は何とかしなければとあせっていた。緋美子まで魔女になって欲しくなかったんだ。

私は緋美子には、普通の女として幸福になって欲しかった。が、このまま放置すれば、緋美子は季美枝に魔女にされてしまう。緋美子には最近になってその兆候《ちょうこう》が少し現れ始めていた。しかし、もう安心だ。魔女は今夜死んだ。魔女の家系はこれで絶たれたんだ。この世に魔女はもう永遠に現れることはない」

謙太郎は話し終えると、よろよろと立ち上がった。そして緋美子の顔をじっとみつめた。

「緋美子、好きな男と結婚して幸福に暮らすんだ」

謙太郎はそう言い残すと、部屋を出て行った。

緋美子と由里子は、謙太郎が話しているあいだに服を身に着けていた。孝夫は血まみれになって床の上にころがっている、季美枝の凄惨な死体を見て言った。

「早く警察に電話しなければ」

それを聞いた緋美子が言った。

「ちょっと待ってください。警察が来るまでに私たちの意見を統一しておきましょう」

緋美子は季美枝が殺された状況を話しながら、孝夫と由里子にその都度確認を取った。それは季美枝が殺された状況だけではなく、三人の女がこの部屋で何をしていて、どのような状況のときに孝夫や謙太郎が部屋に入って来たのかということなどを、順を追って詳細に検証した。そして最後は先ほどの謙太郎の話をも、三人のあいだで確認するという念の入ったものであった。

孝夫は冷静に状況を検証し、孝夫たちの同意を取るその緋美子の様子に、底しれぬ不気味さを感じて慄然とした。たった今ひとつ屋根の下に暮らしていて、自分のために働いてくれた季美枝が殺されたというのに、さらにその季美枝を殺したのが実の父親だというのに、何ということであろう。

「それでは警察に電話しましょう」

と孝夫が言ったとき、

「一応パパの了解を取りましょう」

と緋美子が応じ、三人は階下へ降りて行った。

緋美子が謙太郎の書斎の中へ入ってすぐに、突然緋美子の
「キャー」

という悲鳴が二人の耳に聞こえてきた。その声に驚いた孝夫と由里子は、慌てて書斎の中へ入った。

書斎の中では、謙太郎がクローゼットの中に渡された棒にロープを掛け、首を吊って死んでいた。机の上には謙太郎の緋美子宛の遺書が置かれていた。

その遺書には次のようなことが書かれていた。


「緋美子、私を許しておくれ。私はお前のことを十分に愛してやれなかった。しかし、私は心の中では、誰よりもお前のことを愛していたんだよ。私が望んでいたことはお前の幸せだけだった。どうかこれだけはわかって欲しい。

私の顧問弁護士が私の遺言《ゆいごん》を保管している。遺言の内容については、私の会社も私の財産も、お前が成人したらすべてお前のものになるようになっている。お前は成人するまでお前の

おじさんのところにお世話になりなさい。お前はおじさんに逢ったことがないだろうが、おじさんは必ずお前のことを大事にしてくれるだろう。

私は結局、魔術を利用したと思いながら魔術によって破滅した。お前は魔術のことも、季美枝のことも、そして私のことも、すべて忘れなさい。私はお前に忘れられても、お前が幸せになってくれさえすれば、それでいいんだよ。

お前は好きになった男と結婚して幸せになりなさい。お前が選んだ男は間違いないとは思うが、どうかそれを私に約束して欲しい。これが私の最後のお願いだ。

それではさようなら。明るく元気で暮らしなさい。私の人生での一番の幸福は、お前の父親であったことだった」


緋美子は謙太郎の遺書を眼で追いながら、見る間にその両眼に涙を溢れさせていた。

孝夫が書斎の電話から、興奮に震える指で電話のダイヤルを回し、警察に電話した。警察に電話を終えると、孝夫と由里子は緋美子の啜り泣きの声をあとにして書斎を出た。

二人が外へ出ると、あれほど強かった雨はすでに上がっていたが、時折強い風が庭を吹き抜けて来てやや肌寒さを覚えた。二人は玄関の前で警察が来るのを待つことにした。

そのとき孝夫が腕時計を見ようとすると、左手首にしていたはずの腕時計がいつのまにかなくなっていることに気がついた。由里子に時間をきくと、九時二十分ということであった。

孝夫は先ほど木登りをした時にでも腕時計を落としたのかもしれないと考え、玄関にあった懐中電灯を拝借し、腕時計を探しに行くことにした。

孝夫は雨上がりの濡れた芝生の上を歩き、先ほど登った庭木の根方のあたりまで腕時計を探しに来た。そして周囲の芝生の上を懐中電灯で照らしてみると、果して腕時計のベルトの金属らしきものが、銀色に鈍く光るのが眼に入った。孝夫が腕時計を発見して安心して戻ろうとすると、先ほどから尿意を我慢していたことに気がついた。

孝夫は用を足すために、庭の隅の木蔭《こかげ》まで歩いて行った。

孝夫が用を終えてふと横を見ると、書斎から洩れてくる薄明かりに照らされ、家の左手に面した庭の奥に、花畑らしきものがあるのが眼に入った。孝夫が何気なくその花畑の近くまで行ってみると、高さが一メートル以上ものコスモスが群生《ぐんせい》し、夥しい数の白やピンクの花を咲かせていた。

そこは正面通路からは死角になっていて、ちょうど謙太郎の書斎に面していた。孝夫が書斎の窓から洩れてくる明かりにぼんやりと浮かび上がるコスモスの花を見ていると、花畑の向こう側に、高さ一メートル足らずの灰色の石のようなものが見えた。

孝夫はコスモスを掻《か》き分け、石の近くまで行ってみた。その石は方形に切り取られて表面がなめらかに加工され、石の台座の上に載せられていた。どうやらその石は墓石《ぼせき》のようであった。

墓石の周囲は雑草が繁茂して荒れ果てていて、墓石正面には数本の野菊が植えられていた。孝夫は野菊の白い小さな花が風に揺れるのを見ていると、いやがうえにも寂寥《せきりょう》感を掻き立てられた。

孝夫はこのようなところに墓があるのを不審に思い、墓石に懐中電灯の光を当てて、墓石に刻まれた文字を読んでみた。

懐中電灯のほの暗い明かりの中に、ぼーっと浮かび上がったその墓石の文字は、正面に大きな文字で
「工藤緋美子の墓」

とあった。そしてその左側に
「昭和四十二年三月三十一日没」

とあり、さらにその左下に
「享年《きょうねん》十五歳」

と刻印されていた。

孝夫はその文字を読んだ瞬間、何かいいしれぬ恐怖を感じて背筋に悪寒を覚えた。そのとき

突然孝夫の背後から声がした。

「孝夫くん、どうしたの?」

孝夫がその声に驚いて振り返ると、裏口のドアのところに緋美子が立っていた。

「いや、何でもないよ。腕時計を落としたので探していたんだ」

孝夫は慌ててそう弁解した。緋美子は書斎の中から裏庭の懐中電灯の光と人影を見て、不審に思って様子を見に裏庭へ出て来たらしかった。

孝夫は緋美子と共に裏口から家の中へ戻った。二人が家の中へ戻ると、緋美子が孝夫に一冊のダイアリーを手渡して言った。

「孝夫くん、しばらくのあいだこれを預かって。でも今夜は中を見ないで欲しいの。そしてこのことを誰にも言わないと約束して」

孝夫は緋美子のそのいつにない真剣な表情に、無言で頷いて緋美子からそのダイアリーを受け取った。そのとき急に玄関のほうが騒がしくなり、二台のパトカーが玄関前に到着した。

「どこへ行っていたの?」

両腕を胸の前に交差させて寒そうに身をすくめていた由里子が、不安げな面持ちで詰めるような調子で、家の中から玄関へ戻って来た孝夫の顔を見て言った。

十六

その翌日、孝夫は学校を休んだ。とても学校へ行く心境にはならなかった。警察へも出頭して事情聴取を受けねばならなかった。

孝夫が朝十時ごろ警察へ出頭してみると、由里子は来ていたが、緋美子はまだ来ていなかった。孝夫と由里子は前夜緋美子の家で起きたことを、ありのままに警察に話した。緋美子は孝夫たちが警察にいるあいだ、とうとう姿を現さなかった。

孝夫と由里子は午前中に警察での事情聴取を終え、正午過ぎに家へ戻った。

孝夫は自室のベッドの上で寝転び、昨夜緋美子から託されたダイアリーのページを何気なくパラパラと繰っていた。それはどうやら謙太郎の昨年のダイアリーらしかったが、そのページを繰っているうち、孝夫の背筋に戦慄が走った。

そこに記されていた内容は、まさに常軌《じょうき》を逸した異常という以外にないものであった。それには次のようなことが書かれていた。

一九六七年三月三日（金）

緋美子が突然身体の不調を訴えて入院した。私は知らせを受けてとても仕事どころではなかった。緋美子にもしものことがあったら、私はどうしたらいいのか……。

一九六七年三月十三日（月）
医者は検査の結果、緋美子の病名を急性白血病と言っているが、私は絶対信じない。とてもそんなことが信じられるものか。

一九六七年三月十五日（水）
緋美子が心配だ。美人薄命というのはこのことなのか。緋美子に限って認めたくないことだが。

一九六七年三月十七日（金）
緋美子の衰弱が甚《はなは》だしい。今日私が病院へ見舞いに行くと、緋美子は私の手を取って「パパ。私は死ぬの？」と私にきいた。その声を聞いたとき、私は不覚にも涙が止まらなかった。
医者は緋美子の病状の進行が異常に速く、ついに余命一ヶ月ということを言った。
あの美しい私の緋美子が死ぬというのか。そんなことがありうるはずは……。

一九六七年三月二十日（月）
私は医者と長時間話し合った末に、ついにこの藪《やぶ》医者に見切りをつけた。緋美子の命は私自身の手で救うことにした。もうこんな藪医者に、私の大切な緋美子の命を預けることなどできない。緋美子の命は私の命でもあるのだ。

一九六七年三月二十二日（水）
今日ついに緋美子を退院させた。医者は緋美子を退院させることには反対したが、余命一ヶ月と宣告した医者の言うことなど聞く必要はない。たとえ緋美子が一ヶ月後に死んだとしても、医者はそれを言っただけで責任を回避できるのだ。郁子も不安そうだった。私は郁子に約束した。必ず私が緋美子の健康を取り戻すと。

一九六七年三月二十四日（金）
自宅へ戻って来た緋美子は、依然として病状が改善していない。私は緋美子の苦しそうな様子を見て、胸が張り裂ける思いだった。緋美子、お前は自宅へあれほど帰りたがっていたじゃないか。もうお前の大嫌いな薬も、まったく飲む必要はないんだよ。

一九六七年三月二十七日（月）
緋美子が日々やつれていく姿を見て、私は居ても立ってもいられなかった。私はついに覚悟を決めた。緋美子のいない私の人生などはまったく考えられないことであったが、死んだあとも緋美子には私の側にいて欲しい。裏庭に緋美子の墓を作ることにして、信頼できる業者に墓石を作らせることにした。この業者は私の家とは長いつきあいで、必ずや秘密を守ってくれるだろう。私の命がこの世にある限り、緋美子の墓前に花が絶えることはないだろう。

一九六七年三月二十九日（水）
私は一旦は緋美子の命を諦めていながら、どうしてもそれを受け入れることができないでいた。緋美子の命は私の命でもあったのだ。
私は自宅にある黒魔術の文献を夜を徹して読みあさった。そして私はついにそこに、緋美子の命を救う方法を発見した。それはまた私に新たな犠牲を強いることではあったが。

一九六七年三月三十日（木）
私は季美枝に、この計画を打ち明けて協力を依頼することにした。私は季美枝ならば、私のこの気持ちを必ず理解してくれると思ったからだ。私の思った通り、季美枝はこの計画に賛同した。そして季美枝は私と結婚することを条件に、私に協力することを約束した。

まったく女というものは恐ろしい生き物だ。私がこの計画を季美枝に打ち明けたとき、季美枝は端正な顔に笑みすら泛べてこの計画に異常な関心を示した。私は季美枝のその笑顔を見て戦慄した。

いざとなると女という生き物は、目的実現のためにはどんな冷酷なことを実行するにも、躊躇するということはないのかもしれない。が、緋美子だけはもちろん例外であるはずだ……。

一九六七年三月三十一日（金）

ついに計画を実行するときが来た。緋美子の健康は、もはや一刻も猶予ならない状態となっていた。私と季美枝は夕刻から礼拝室に閉じこもり、夜半過ぎまで一心に悪魔に祈りを捧げた。祭壇の上には銀の聖杯に満たされた郁子の血、その前には全裸の郁子の死体が横たわっていた。私と季美枝は、郁子の身体と郁子の血を、悪魔に生贄として捧げたのだ。

郁子は私の手により、胸から血を噴出させて息絶えた。娘の家庭教師の大学生の若い男と浮気するような恥知らずで淫乱な郁子に、まったく相応《ふさわ》しい末路《まつろ》だ。私を甘く見るとこうなるのだ。

お前の穢れた精神と肉体は、私の緋美子の尊い生命と引き換えにされ、初めて有用なものとなった。

私と季美枝は郁子の血を聖杯に採取した。私はそのときの季美枝の異様な眼の光を、終生忘れることはないだろう。

悪魔は我々の祈りを聞き届けたようだった。悪魔の指示に従って聖杯に満たされた郁子の血を、緋美子に飲ませることにした。病に穢れた緋美子の血を、郁子の血で清める必要があったのだ。

緋美子は郁子の血を飲むことに大変な抵抗を示したが、緋美子の命を助けるためだという我々の懸命の説得によって、緋美子はようやく郁子の血を飲んでくれた。

郁子は緋美子の身代わりとなって裏庭に葬《ほうむ》られることになった。私と季美枝とで、郁子の死体を裏庭に運んで埋葬した。

一九六七年四月三日（月）
緋美子の健康は目立って回復している。緋美子はもう大丈夫だ。ただ少し心配なことがある。緋美子が健康を維持するには、生き物の血を常に体内に取り込まねばならないことだ。裏庭の鶏舎を増築し、もっと飼育している鶏の数を増やさなくては。

一九六七年四月七日（金）

病気で高校の入学試験を受けられなかった緋美子は、県教育委員会の特別の計らいで、編入試験を受けられることになった。これで私もひと安心だ。緋美子なら試験を受けさえすれば、何ら問題はないだろう。

緋美子の健康が回復したからには、その身体の中に、ただ悪魔の血が流れていないことを祈るばかりだ……。

十七

その翌日の夕刻、学校から帰った孝夫に、純子が一通の手紙を示して言った。

「お兄ちゃん、手紙が来てるよ」

その手紙は緋美子からのものであった。純子はもちろん先日の事件のことを知っていて、意味ありげな表情で孝夫の目の前にその手紙を示した。その純子の様子は、孝夫のクラスメートにも見られるような、あの夜の事件に対する一種の反応だった。

今日の教室でのクラスメートの様子は、事件に対して異常なほどの関心を持ちながらも、当

事者たる孝夫に対しては不自然な沈黙を守るというものであった。わずかに建次が孝夫の許に、

「大変だったな」

と言いに来ただけであった。

そのような雰囲気の教室には、緋美子は姿を現していなかった。孝夫は由里子も同様にこのようなクラスメートの好奇の眼に晒されていると思うと、とても居たたまれない気持ちであった。

孝夫は自室に入り、緋美子からの手紙をしげしげと眺めた。その手紙には昨日の消印が押されていた。孝夫はその手紙の封を切ってしまうと、なぜか緋美子と永遠に逢えなくなるような気がしたが、もう緋美子に対する恐怖心も、美しかった緋美子の思い出も、遠い過去の懐かしさの中に過ぎ去って行ったような気がした。

孝夫は意を決して手紙の封を切った。その手紙には次のようなことが記されていた。

「孝夫くん、お元気？　私が突然姿を消してしまったので、あれこれ推測していたことでしょう。

でも、私はもうあなたに逢うことができないので、こうして取り急ぎ手紙で、私の現在の心境をあなたにお伝えすることにしました。

あなたと私がつきあっていた日々は、あっという間に過ぎ去ってしまったけれど、文字通りそれは私にとって、夢のようなできごとでした。それはまさしく私の最後の青春だったの。あなたは私に、再三悪夢に悩まされていると言っていたけれど、あなたの見た悪夢と私とは決して関係がないの。どうかこのことを信じて欲しいと思います。あなたが悪夢に悩まされていた原因は、パパと季美枝さんが黒魔術をしていたからです。

パパと季美枝さんは愛人関係にありましたが、定期的に自分たちの快楽とエゴイズムのために、黒魔術の儀式を行っていました。

その儀式の中で私は血を採取されていました。私の処女の血を悪魔に捧げる必要があったのです。私はそのため体内に定期的に血を補充する必要があり、鶏の生き血を飲んでいました。またときには、人間の血も必要としていたのです。

そのためには、あなたの血を継続して私に提供させる必要があり、あのような悪夢という手段を使い、あなたが私の許を去って行くのを防止しようとしていたのです。パパと季美枝さんは地獄の悪魔と手を結び、あなたが寝ているあいだに、あなたの魂を地獄へ連れ出していたのです。

パパと季美枝さんはあなたが私の家へ来なかったとき、恫喝《どうかつ》の手段として悪夢を利用しました。私はそれを何とかしてやめさせようとしましたが、私の力ではどうすることもできませんでした。私の善の力は、残念ながら二人の悪の力には及ばなかったのです。

しかし、最近のパパは季美枝さんのことを邪魔に思っていました。季美枝さんは、パパがママと離婚したあとで季美枝さんと結婚しなかったことを恨んでいました。それで自分と愛人関係にあることや、いかがわしい黒魔術の儀式を行っていることなどを、パパの新妻《しんさい》にすべて話すと脅迫したり、パパを黒魔術によって意のままに操ろうとしました。

パパはそんな季美枝さんを心の中で密かに恐れながらも、魔術のパートナーとして、あるいは性的な快楽の対象として必要な存在であったために、一種のジレンマに陥っていました。

しかし、最近の季美枝さんのあたかも自分が主人であるかのような、あまりにひどい傍若無人《ぼうじゃくぶじん》ぶりに、ついにパパはある決意を余儀《よぎ》なくされたのです。あの夜のできごとは、それがついに表面化したものだったのです。

二人は結局、自分自身の中の悪魔によって滅ぼされました。黒魔術の儀式に溺れて神を冒涜《ぼうとく》し、淫らな行為に耽溺《たんでき》する邪悪な二人は、自分自身の中に巣食《すく》う悪魔によって自滅したのです。

私はパパと季美枝さんの玩具であり、二人に思うように利用されていたのです。私はこの状況から何とかして逃れたいと思っていましたが、二人が死んだ今、ようやくその望みが叶ったのです。

とはいえ、私にとってパパは、この世でたった一人のかけがえのない父親であり、季美枝さんは私の数少ない友人でもありました。いくら私が二人に虐待を受けていたといっても、その二人を同時に失った悲しみは大きく、とても筆舌に尽くし難いものです。

私は普段はあれほど優しく私のことを愛してくれるパパが、魔術の儀式のためには一切の犠牲を省《かえり》みない、冷酷非情な人間に変身してしまうことを、悲しく思っていました。

また普段は私のメイドとして私にあれほど忠実な季美枝さんが、パパと一旦魔術の儀式を始めてしまうと、ヒステリー状態になって口汚い言葉で私を罵《ののし》り、私に暴力を振るうのを恐れていました。

私はそのような二人を憎みつつも、普段は私を愛してくれる二人にずっと悩んでいました。でも二人が死んでしまった今は、もう私は二人を憎んではいません。私の二人に対する憎しみは、二人の死によって浄化されたのです。

パパは一年ほど前まで毎日日記を付けていました。が、その日記に書かれていたことは、矛盾が多くリアリティーに欠けるもので、パパの妄想と願望とが現実と混同されたものです。

そのため私はパパが死んだあの夜、あの日記が警察の手に渡って無益《むえき》な誤解を生むことを恐れ、それをあなたの手に託したのです。あなたはあの日記を誰にも見せることなく、あなたの手で処分してください。

あなたは斉藤くんの自殺の原因を知りたがっていましたね。でもここまで私の手紙を読んできたあなたには、もうそのことをいまさら説明する必要もないでしょう。

またあなたはあの夜、私の家の裏庭のお墓を見ましたね。あなたはあのお墓について、大いに疑問を持っていると思います。あのお墓に埋葬されているのはいったい誰なのか？　でもあの墓石に刻まれた墓碑銘《ぼひめい》が私である以上は、私だったと考えるのが自然ではないでしょうか。

それではあなたと今まで逢って話をしたり、ワインを飲んだり、ヴァイオリンやピアノを弾いていたのは、いったい誰なのか？　いまこうして、あなたに手紙で語りかけているのはいったい誰なのか。

それはある意味では、工藤緋美子という十七歳の私であり、そしてそうではなかった、とも言えるのではないでしょうか。これではとても説明になっていませんか？

私の墓があるのであれば、私はいったい生きているのか、あるいは死んでいるのか、という疑問もあるでしょうが、生死という考え方はもう私にとってどうでもよいことなのです。

私は私の家を訪ねてくれたあなたには、とっても感謝しています。その感謝の気持ちとして、また地獄へ連れ出されているお詫びのしるしとして、私はあなたの魂を天国へ招待しました。同時にあの夢の中のできごとは、私の願望でもありました。

これで私はもう思い残すことはありません。ただ私にひとつだけ願いがあるとすれば、もう一度あなたと映画に行きたかったな、と思うことだけです。あなたと私が初デートした、あのさわやかな秋晴れの日のように……。

私はあなたのことを愛していました。あなたも私のことを愛してくれていたと思っています。

それではさようなら。お元気でお過ごしください」

十八

それから五日ほど経った日の夕刻、由里子が孝夫の家を久し振りに訪れていた。下校後に自宅へ寄って着替えて来た由里子は、白のタイトスカートに、緑と白のストライプのブラウスを合わせ、濃緑のジャケットを羽織って現れた。

二人はあの夜の事件以来、二度ほど警察に呼び出されて簡単な事情聴取を受けた。緋美子は事件の翌日から学校に来ていなく、またその姿を見た者も誰もいなかった。クラスメートたちは緋美子が街から出て行ったのだろうと噂したが、やっと今朝になって担任の教師が転校したということだけを、申しわけのようにクラスメートに告げた。

しかし、緋美子がどこへ転校したのかは誰も知らなく、緋美子のおじさんなる人物がどこに住んでいるのかも、誰も知らなかった。孝夫と由里子は警察に緋美子の行方を何度も尋ねられたが、孝夫たちにはもちろん知る由もなかった。

緋美子の父親の会社も、孝夫が小耳に挟んだ大人たちの噂によると、不思議なことにさしたる混乱はないということであった。もともと謙太郎は、さほど会社の経営の実権を握っていなかったという噂もあったが、もとよりほんとうのところは、孝夫には知るべくもなかった。

二人もようやくこのごろ事件のショックが薄らいできて、今日になってやっと勉強を再開することができた。もちろん孝夫の悪夢も、あの日以来二度と見ることはなくなっていた。

勉強を始める前、孝夫は由里子に事件のことを質問してよいものかどうか迷っていたが、由里子の表情を窺うと、いつもと特別変わらぬ様子であったので、遠慮がちにきいてみた。

「君は今朝の新聞を読んだ?」

「いいえ」

由里子がそう答えると、孝夫は階下へ降りて新聞を取って来た。

その新聞は今日十一月二十五日付の朝刊で、孝夫はそれを開いてそこに記載された三面記事を由里子に示した。その記事の見出しは

「自殺した社長宅で白骨遺体《いたい》発見」

というもので、次のような内容の記事であった。

「今月十八日夜、自宅で雇用していた家政婦の佐藤季美枝さん(20)を殺害して首吊り自殺し

た、もと建設会社社長の工藤謙太郎（42）（K市緑ヶ丘五丁目）宅を昨日警察が捜索中、工藤宅の裏庭に不審な墓があるのを発見した。

警察でこの墓を捜査のために掘り返したところ、墓の中から半ば白骨化した女性の遺体が発見された。現在警察でこの遺体の身元を捜査中。なお謙太郎の長女の緋美子さん（17）（県立南星高二年）は、事件発生の翌日から行方不明になっていて、警察ではその後の行方を追っていた」

由里子はこの記事を読むと、

「でも、墓を掘り返して死体が出て来たからといって、別にどうということは……」

と不思議そうに言った。孝夫は由里子のその反応に拍子抜けして話題を変えた。

「あの夜のことを少しきいていいかな？」

由里子は孝夫の顔をみつめて頷いた。

「君はあの夜、どうして緋美子の家へ行ったの？」

「それはあの日の夕方、学校から帰るとすぐに緋美子さんから電話があったの。それは『今夜はパパが久し振りに家へ帰って来るので、ホームパーティーをしますからぜひいらしてください』という電話だったと思う。あの日はどしゃ降りの雨で、私はあまり出掛けたくなかったので一旦断ったんだけど、緋美子さんがどうしてもと言うので、それで仕方なく行ったの」

と由里子は、はっきりとした口調で言った。

「そのパーティーというのはあんなことをすることだったの？」

孝夫のその質問に、由里子は一瞬逡巡《しゅんじゅん》してから言った。

「それは緋美子さんが、パパが帰るまでにはまだ時間があるので、それまで季美枝さんと遊びましょうと言って、それでいつのまにかあんなことになってしまったの」

「緋美子と季美枝さんの会話の中では、何か思い出すようなことはないかな？」

「そういえば緋美子さんは、確かこんなことを言っていた。『今夜はパパが来るから真剣にやってね。久し振りにパパを驚かせてやりたいの。うまくいったらご褒美《ほうび》を考えるから』というのだったと思うけど。」

と由里子は、首を傾けて考えるような所作をして言った。

「鶏は誰が殺したの？」

「鶏は緋美子さんと季美枝さんの二人で殺したの。どちらがナイフを使ったかまではもう忘れたけど。それで鶏の血をワインのボトルに詰め、そのあとで季美枝さんが鶏の死骸とナイフを片付けようとすると、緋美子さんが『それはそのままにしておいて。あとで清めの儀式をするから』と言ったので、季美枝さんはそれを片付けるのをやめたのよ」

「君はあの夜、季美枝さんに身体を鞭で打たれていたけど大丈夫？　もう身体に鞭の跡は残ってないの？」

「ええ、もうすっかり跡は残ってないの。何なら確かめてみる？」

と由里子は言うと、着ていたジャケットを脱ごうとしたので、

「いや、いいよ」

と孝夫は慌てて止めた。

「最後にもうひとつだけききたいんだ。君はあの日の朝、悪い夢を見なかった？　それは池に溺れるような夢のはずなんだけど……」

その孝夫の質問に対し、由里子は極めて明るく快活に言った。

「いいえ、私は夢なんか見てないのよ。私はいつも夢なんか見ずにぐっすり眠れるの。あなたはほんとうに悪夢とやらを見ていたの？　でも夢の話だから、それほど確かな話でもないんでしょうけど」

孝夫は唖然として由里子の顔をみつめた。由里子はそのことにはまるで執われずに、すぐに話題を変えて孝夫の左手を見て言った。

「その指はどうしたの？」

由里子にそうきかれ、孝夫は自分の人差し指の中ほどに巻かれた包帯に視線を移した。

「これは今朝牛乳を飲んだグラスを洗っているとき、急いでいたのでちょっと力を入れすぎてグラスを割ってしまったんだ。そのときにグラスの破片が刺さり、指を切ってしまったんだよ」

孝夫が説明を終えぬうちに由里子は孝夫の手を取り、その白い包帯が巻かれた指を眺めた。

「包帯が汚れているから取り替えなくては」

と由里子は、指に巻かれた包帯を解き始めた。孝夫の指から包帯が取り去られ、皮膚が裂けて紫色になった指の傷口が露になった。由里子はその傷口を目の前でじっとみつめた。

次の瞬間、由里子が孝夫の怪我をした指に唇を押し当てていた。その直後に孝夫は、指に鋭い痛みを感じて顔をしかめた。

由里子が孝夫の指の傷口に歯を立てて、傷口が開いたようだった。

由里子は大きな眼をいっぱいに見開き、上目遣いで孝夫の心中を推し量るように孝夫の顔をじっとみつめていた。と見る間に、孝夫の指の傷から流れ出る鮮血が由里子の唇のあいだに溢れ、それは瞬く間に由里子の白いスカートの上に滴り落ちた。

著者プロフィール

加藤 峻（かとう しゅん）

北海道の日本海に面したある町に生まれた著者は、高校卒業後、コンピュータのソフト開発に長年従事してきた。本作「ドリームス」は、文字通り著者自身の「夢」と、長いあいだ培ってきた「死生観」といったものが反映された作品となっている。

ドリームス

2002年5月15日　　初版第1刷発行

著　者　加藤 竣
発行者　瓜谷 綱延
発行所　株式会社　文芸社
〒160-0022　東京都新宿区新宿1-10-1
電話　03-5369-3060（編集）
03-5369-2299（販売）
振替　00190-8-728265

印刷所　株式会社 フクイン

ISBN4-8355-3790-4 C0093